やさしくない悪魔

坂井朱生

幻冬舎ルチル文庫

CONTENTS ✦目次✦

やさしくない悪魔

✦カバーデザイン＝齊藤陽子（CoCo.Design）
✦ブックデザイン＝まるか工房

イラスト・倉橋蝶子✦

やさしくない悪魔

庭木から枯れおちた葉がところどころにたまっている。ふだんから放っておきがちだが、先だっての大雨でかなり汚れてしまい、あらためて眺めるとまるで廃屋と見まがうような光景だ。

雨戸を開けてすぐ見えたのがこの惨状で、葛城倫弥《かつらぎりんや》は長々と嘆息した。

高熱をだして数日寝こみ、ようやく不快感がとれたばかりだ。気分よく起きあがったというのに、たちまち疲労感に覆われる。

「そろそろ、業者さん呼ばないとまずいか」

庭は広すぎて管理しきれない。生前、祖母の小夜《さよ》はこの家をとても愛していて、時間の許すかぎりですみずみまで丹精していたが、倫弥にそれほどの愛着はない。

かなり古いが広くて立派な家屋と離れに、幼稚園くらいなら運動会もできそうな敷地。倫弥は記憶にないほど幼いころから祖母とこの家で暮らし、二年まえに祖母が亡くなってからは一人でいる。

線が細く柔和な外見の印象と同じく、倫弥はどちらかといえばおとなしい。積極的に他人と連絡をとるタイプではないから、祖母の急逝で大学を中退して以来、世界はいたって狭く、会って話す人といえば店の客や出入りの業者くらいのものだ。

それでも、とりたてて不満もない。ぼんやりと漂うように暮らしているのが、性に合っているようだ。

両親はものごころつく以前に亡くし、祖母が唯一の肉親だった。二人でも広すぎた家は、倫弥一人ではとても持てあます。部屋のほとんどはろくに使わず、風を通したり掃除をしたりの手間ばかりかかる。母屋《おもや》でさえそんな状態で、離れなど、月に一、二度ざっと手をかけるだけだ。

「寒っ」

昼近くとはいえ晩秋の気候がこたえる。寝間着代わりのフリースしか着ていない上、汗ばんでいて不快だ。

気分、変えるか。

せっかく熱がさがったのに、げんなりしているのも莫迦《ばか》らしい。

おちこんだりよくないことばかり考えてしまうときは、お茶を淹《い》れ甘いものを食べるのがいちばん。祖母の習慣を倫弥も受けついでいる。たしか買いおきのチョコレートがまだあったはずだ。

倫弥は縁側から離れ、そのまま風呂場へ直行した。

思えばこのところ、たて続けの不運に見舞われていた。

青信号で道路を渡っていたら路地から車が飛びだしてきたり、駅の階段で脚をとられて転びそうになったり、植木鉢がマンションベランダから落ちてきたときは、さすがになんの冗談かよと自分でも呆《あき》れてしまったほどだ。

そうして先日出先で突然の大雨に祟《たた》られ、とどめに高熱をだした。

細く脆弱《ぜいじゃく》に見えるが案外丈夫な倫弥にしてはめずらしい。

祖母は丈夫な人で、亡くなる直前に床につくまで風邪ひとつひかなかった。倫弥も早世した両親ではなく祖母に似たようで、子どものころこそよく熱をだしたりしていたが、今ではすっかり健康だ。こんなに寝こんだのは、いつ以来だろう。

一人暮らしで誰が面倒を見てくれるわけでもなく、寝ていた丸二日、ふらつきながら起きて食事をつくって摂《と》り、祖母に言われたとおり水分と栄養分を欠かさないようにしていた。四十度を超える気配があればさすがに病院へ行くかと覚悟していたが、二日間でかなり回復し、三日目には呆れるほどけろりとさがった。用心のために一日追加で寝ていたけれど、もうどこも問題なさそうだ。

あれを喉《のど》風邪っていうのかな。

熱をだしているあいだずっと、焼けるように喉が痛かった。なにかが喉につかえているように息苦しく、しかも火傷《やけど》したように熱くて痛かった。

「ふらつかないで動けるって、いいなあ」

冷えるのでダウンを羽織り、のそのそとキッチンへ動く。

（不運続きも、これで終わるといいんだけど）

悪いことが続けば、そのうち必ずいいことも同じくらい続く。そういうバランスでできているのだと、よく祖母が言っていた。まるごと信じているわけでもないが、そうとでも考えなければやっていられない。

たぶん大勢の人々も変わらないと思うが、ふだんは生きるの死ぬのなんて真面目《まじめ》に考えてはいない。朝起きて仕事をして眠って、そんな日々が続いているだけだ。さすがにこの数日の不運続きのせいで何度も肝を冷やし、大丈夫だろうかと案じた。

あんなふうに悩むなど倫弥にはめずらしく、きっと、気づかないうちに風邪をひいていて、体調がすぐれないせいでよけいなことを考えてしまったのだろう。

すっきり治ったことだし、動いていればじきに忘れる。祖母が遺《のこ》してくれたこの家と料理屋を守っていくのが、倫弥の仕事だ。

『お願いね、倫弥』

病床の祖母に細く弱々しくなった手でぎゅっと摑《つか》まれ真剣な眼差《まなざ》しで頼まれた。

祖母の遺言は二つある。一つはこの家と、祖父との出会いの場所だった料理屋をできれば続けてほしいということだ。

かつて、祖母が元気だったころは離れで下宿を営んでいて、常に数人住んでいた。祖母が病で伏せる少しまえに閉めてそれきりだ。そちらの再開は頼まれてもさすがに無理だし、祖母もなにも言わなかったが、料理屋は昔から手伝ってもいたし、祖母が亡くなるしばらくまえから夜間の専門学校へ通い、調理士免許もとった。亡くなったあとしばらくは休んだものの、今でもずっと店を続けている。

もう一つの遺言は不可解だった。

『私を訪ねてくる人がいたら好きなだけ泊めてあげて』という、よくわからない話だ。二人ほどいるはずだとそれだけで、誰が訪ねてくるのか、名前や風貌、だいたいの年齢だけでも教えてくれればいいのに、祖母はどうしてか「会えばわかる」としか言わなかった。もうだいぶ容態は悪くなっていたのに、その話をしたときだけは楽しげに、悪戯《いたずら》めかした表情を浮かべていたのを憶えている。

(祖母《ばあ》ちゃんも悪戯好きだったからな)

いつも飄々《ひょうひょう》としていて、賑《にぎ》やかなのと楽しいことが大好きだった。店で可笑《おか》しい話などを聞くたび、帰ったら祖母に話そうと思い、もう亡くなったのだと気づいてはっとすることがある。

はたして、いったい誰が訪ねてくるのやら。今のところそれらしい人物は現れていない。昔の下宿人か、祖母の知人だろうか。

祖母は倫弥になにかを強要することはなかった。ずっと、いつでも倫弥がしたいようにさせてくれた。その祖母のたっての頼みだ、不思議ではあるが約束は守ると決め、いつか来るだろうその人たちを待っていた。

＊　＊　＊

小料理屋『かつらぎ』の主な客は近所に暮らす人々だ。祖母の代からの常連で、ときどき以前の、下宿人たちも訪れてくれる。

臨時の休業開け当日はやはりがらがらだったが、日が経《た》つにつれ一人、また一人と客たちが戻ってきてくれた。

「すみません、柄にもなく風邪ひいて」

「倫君が風邪ってのは似合うけどね。急だったからなにかあったんじゃ、って驚いたよ」

「似合うって、なんですかそれ」

「んー？　ほら薄幸の青年っていうか、そんな感じ？　貧血起こしてふらっと倒れそうな」

「あいにく、いたって健康です。熱だしたのなんて、もう何年ぶりだろうってくらいですよ」

「小夜さんのときも急だったから、またかと思ってぎくっとしたよ。気をつけてくれよ？」

「ありがとうございます」

倫弥は独特のふわりとした笑みを浮かべ、馴染みの客に礼を告げた。

「でも一人だろ？　寝込むと大変じゃないの」

横にいた別の客が話に入ってくる。彼は『かつらぎ』の客にはめずらしく、倫弥とさほど変わらない年ごろの男だ。

「あの家、やたら広そうだしなあ。寂しくない？」

「ずっといるんで、あんまり考えたことはないですねえ」

「広いところってたまに怖くなるんだよなあ。なあんかでそうな気がしてさ」

「勘弁してくださいよ」

倫弥はオカルトめいた話が心底苦手だ。ずっと幼いころ、離れで妙な物影を見たのが原因らしい。らしい、というのは倫弥自身よく憶えていないのだ。あまりにも怖くて祖母の元へ泣いて走っていったことだけを、うっすら記憶にとどめている。

幽霊だの超常現象だのの類《たぐい》は、それからずっと苦手にしている。とにかくその手の話題も現象も、理屈ぬきで怖い。

「おい白井《しらい》、おまえそのトシで寂しん坊か」

「俺じゃなくて、倫弥さんですよ」

「一緒にすんなって」

「だからぁ、俺は違いますって」

古馴染みの客たちに倫君、とか倫弥だとかと呼ばれているので、他の客にもそれがうつっている。一見《いちげん》の客に名前を呼ばれることなどさすがにないが、誰かに呼ばれるときにはたいてい名前だ。

熱燗をつけていると、あらたに客が入ってきた。

二十代後半かそれくらいに見える男だ。それだけなら特別驚きもしないが、入ってきた瞬間、どうしてかやけに白っぽく見えた。全体が、まるでハレーションを起こしたように発光して見えたのだ。

数度瞬《まばた》きするとすぐに消えたから、ひょっとしたら先日の発熱の後遺症かもしれない。

あらためて見た青年は鮮やかな金の髪に青にも碧《みどり》にも見える瞳を持つ、あきらかに異国人だった。

困ったな、英語なんて話せないよ。

倫弥は日本語が通じるといいと願いながら、いらっしゃいませと声をかけた。青年は小さく頷《うなず》き、カウンターの隅へと腰をおろした。

「カレイの煮付けと、緑の小鉢。あと、冷酒いただけますか」

「あっ、はい」

おしぼりとお茶をだしてすぐ、青年が言った。綺麗《きれい》な発音の日本語だ。よかった、日本語がちゃんとわかるらしい。

よほどめずらしいのだろう、倫弥だけでなく他の客たちまで、ちらちらと青年を窺《うかが》っている。ただ異国人というだけではなく、彼はずいぶんと美しい男だった。

箸《はし》使いも巧みで、カレイの煮付けを難なくほぐし、口に運んでいる。緑の小鉢は枝豆にブロッコリー、インゲン、アスパラなど名前のとおり緑の野菜ばかりを茹《ゆ》で、出汁《だし》で軽く煮た鮪《まぐろ》の身をほぐしたものと和《あ》えて胡麻《ごま》ソースをかけたものだ。

「小夜さんと同じ味がする」

どちらも半分ほど平らげ、青年が言った。

「本当ですか？」

「ええ。とても懐かしいです」

倫弥はぱっと顔を輝かせた。レシピもあるし、祖母じきじきにも教わったのだが、なかなか祖母の域までは達しない。同じようにつくっているはずなのに、なにかが足りない気がするのだ。

嬉《うれ》しい。

青年の一言が、ずいぶんと沁《し》みた。このごろずっと不運続きだったのも、少しは晴れたように思えてくる。

「倫弥、おでんもらえる？　卵と厚揚げ、えーとそれからこんにゃくとジャガイモも」

「はい、お待ちください」

倫弥は彼へ小さく会釈《えしゃく》をし、呼ばれたほうへと身体を向けた。

青年は食べおえるとすぐに店を去った。ごちそうさまと言われ、さしだされた料金を受けとろうとすると、青年の手とぶつかる。ごく一瞬だが、指先を掴まれたような気がした。

「すみません」

「いいえ、こちらこそ」

倫弥が謝ると、青年は柔かく笑んだ。

その指はひどく冷たく、やけに印象に残った。

「外人さんが来るとはねえ。しかも小夜さんの知りあいか。ホントに小夜さん、顔広かったんだな」

青年が出ていってすぐ、馴染みの客が口を開いた。

「綺麗な人でしたね。俳優さんかと思っちゃいましたよ。日本語通じてよかったです。たぶん、昔のお客さんだったんじゃないですか？」

「かもな。それっぽいこと言ってたっけ。で、倫君は褒められてめったに見ないくらい喜んでいる、と」

「だって、祖母ちゃんと同じ味だって言われたのはじめてなんですよ」

「そりゃそうだ。まだぜんぜん小夜さんにはかなわないからなあ」

「ほら、そういうこと言うじゃないですか」

拗《す》ねてみせた倫弥に、馴染みの客たちが笑う。

「小夜さんは憧《あこが》れの人だったからな。あんなに美人で料理上手《うま》くていつも楽しそうで、旦那さんが羨《うらや》ましかったよ。早くに亡くなったんだっけ？」

「僕もよく知らないんですけど、そうらしいですね」

祖父は倫弥が生まれるよりずっとまえに他界していて、写真と祖母の話でしか知らない。短命の家系なのだと聞いたことがある。

どうやらかなりの資産家だったようで、祖母が亡くなったあとに諸々の処理をしていて、うちはこんなに裕福だったのかとはじめて気づかされた。

相続税やらなにやらで目減りしたものの、倫弥はこのままなにもしなくてものんびり暮らしていける。逆に言えばそれだけのものが遺されたおかげで、『かつらぎ』も続けていけているのだ。

通夜や葬儀に来てくれた、祖母と親しくしていた人々からは、広すぎる土地を売り店も畳んではどうかと勧められたけれど、祖母との約束ははたさなくてはならない。それに生まれそだった家には、祖母ほどではなくても愛着もある。

広く静かすぎる家ではときどき、静寂が迫ってくる気がする。白井に問われて同意はしなかったが、たしかに誰の声も物音もしない家は寂しくもある。

それでも、引っ越したからといって祖母を忘れられるわけでも、また傍《そば》にいてもらえるわけでもないのだし、倫弥はこのままでよかった。

平凡で特別なことなどなにもないが穏やかな日々、ぼんやりしている倫弥には、これが似合っているのだろう。

（ずっと、このまま――）

今の生活が続いていけば、それでいい。

倫弥は手を動かし客と会話しながら、つかのまのもの思いに耽《ふけ》った。

「倫君、お酒追加」

「はい、すぐに」

注文に応じようと屈《かが》んだ瞬間、頭がくらりとした。なんだか悪寒《おかん》がして、熱っぽいようだ。

（あれ、またぶり返したのかな）

その晩は店を早じまいして家へ戻ったが、案の定、夜半すぎからまた高い熱がでた。

「まいったな」

もう治ったはずだったのに、また布団へ逆戻りだ。残っていた風邪薬を飲み、朝には熱がさがることを願って、倫弥は早々に眠った。

＊　＊　＊

翌日になっても、熱はさがらなかった。またも喉が熱く痛く、しかも気のせいか前回より症状は重い。さすがに今度ばかりはまずいかもしれない。まだどうにか動けるうちに、病院へ行くべきだろうか。

着替えて支度をして十数分歩いて、病院に着いたら着いたでまたしばらく待たされる。考えると憂鬱《ゆううつ》で、無理にでも行こうというふんぎりがつかない。

今日一日寝ていて、それでもよくならなかったら諦《あきら》めて病院へ行こう。

熟睡はできず、うつらうつらしながら思う。

玄関で呼び鈴が鳴った。来客など予定はないし、宅配も頼んでいない。

(またリフォームとかなにかかな)

内装業者や不動産業者、その他諸々のセールスに宗教の勧誘、祖母を亡くして以来訪ねてくるのは、そんな人々ばかりだ。

諦めるかと放っておいたが、呼び鈴は執拗《しつよう》に鳴りつづけた。あまりにしつこいのでしかたなく、ほとんど壁にすがるようにして玄関へ向かう。こういうとき、無駄に広い家は不便だ。

「どちらさまで、……ッ」

どうにかドアを開けてみると、そこは真っ暗だった。まだ昼間のはずだが、寝ているあいだに時間が経ち、勘違いしているのだろうか。

(でも)

たとえ夜にしても暗すぎる。明かりのまるでない、本物の暗闇だ。

(どうして)

慌てて目を擦《こす》ると、暗闇はぷつんと消えた。

そういえば、店でも似たようなことがあった。異国人の青年が来たときだ。あれは暗闇ではなく白かったのだが、やはり、あの時点ですでに体調がおかしくなっていたのだろう。

慣れない高熱のせいで、視界が白くなったり暗くなったり。あまり聞かない症状だ。ひょっとしてただの風邪ではなく、どこか悪いんだろうか。

「あ、の――？」

元に戻った視界で、目のまえに立っていたのは見覚えのない男だった。商売柄、顔を覚えるのは得意だ。いったい誰だろう。セールスかなにかだろうか。

いやでも、日本人じゃなさそうだけど。

黒髪に黒い目、やや濃い肌色。そこまでは変わらないが、顔つきが違う。それに、ずいぶんと背が高い。

濃青のタートルネックのカットソーに黒のボトム、ロングコートまで黒い革製だ。目のまえが真っ暗に見えたのもこのせいかと思えてくる。

あらためて眺めてみると、男はちょっと見ないほど端整だった。

ぱっと見ても外国人だとわかる彫りの深さはくどくないぎりぎりで、目元はかなり険しい。

唇はやや厚めだがそれが却《かえ》って艶《なま》めかしく見える。

長めの前髪が目の一部を覆っている。適当に伸ばしたようなそのスタイルさえ、男の野性味のある風貌をひきたてていた。

ほぼ平均身長の倫弥より頭一つ分ほども長身で、腰の位置が高く手脚が長い。この体格もおそらく、日本人ではないのだなと感じた一因だろう。

空港あたりですれ違っていたら、どこかの国の俳優かと思ったかもしれない。いや、俳優というよりもミュージシャン、それも荒々しい音楽を奏でているのがしっくりくる。

店へ来た青年といいこの男といい、こんな風貌の異国人がまとめてこの土地を訪れたなど、偶然にしてはできすぎだ。なにか行事でもあるのだろうか。

このあたりには、とりたてて観光の目玉になるような建物も祭もないのだけれど。

もしくは、やはりセールスか。

(外国人のセールスって、なに売ってるんだろう?)

どうでもいいことばかりが頭に浮かんだ。なんにせよ早くいなくなってもらって、布団に戻りたい。

「顔色悪いな。やっぱりあてられたか」

「……は?」

男が低く響きのいい声で発したのは流暢《りゅうちょう》な日本語だったが、意味がわからなかった。挨《あい》拶《さつ》もなしで名乗りもせず、いきなりだ。倫弥の顔色が悪いのは熱のせいだが、「やっぱり」とか「あてられた」だとか、意味がまるでわからない。

誰かと勘違いしているのはあり得ない。熱でぼけている倫弥はともかく、相手は真《ま》っ直《す》ぐ倫弥を見ている。しかもここは倫弥の自宅だ。この状態で勘違いはないだろう。

「どちら様ですか？」

間抜けだと思いつつ、倫弥は痛む喉をこらえて問いかけてみた。だが男は眉根《まゆね》を寄せ、倫弥をじっと睨《にら》むように見ているばかりだ。

「あのう、僕は見てのとおり調子が悪いんですけど」

まさか、日本語が通じていないということはないだろう。さきほどはまったく見事な日本語で話したのだ。

「丸ごと呑んだのか？」

「は？　あのすみません、さっきから言ってることがさっぱりわからないんですが」

男は倫弥の言葉など聞いているのかいないのか、さらにぐっと眉間の皺《しわ》を深くした。

そうして。

「――っ！」

男の腕が伸び、倫弥の首のつけ根を摑んだ。ぐっ、と喉仏のすぐ下あたりを親指で押され、息が詰まる。

声をだす余裕などなかった。驚愕《きょうがく》と、一拍遅れて恐怖が訪れる。逃れようにも、どうしてか身体が動かない。

（強盗……だった……？）

目のまえの男の姿が、また暗闇に塗りつぶされる。どうしてか見慣れた壁もドアもそのままなのに、男の姿だけが黒い塵《ちり》のようなものに覆われて見えなくなる。

呼吸ができない。視界は変わらず不可解な状態のままだ。絞められた首以外どこも押さえられていないのに、指一本動かせない。

苦しい。息ができない。喉がまるで焼けているようだ。

「こんなもんか」

低い声が遠くから聞こえた。すっと、男の手が離れる。倫弥はその場にどさりと頽《くずお》れる。廊下にしゃがみこみ、二度三度と咳《せき》をくり返した。

「こ、ろす気ですか……ッ」

呼吸がまともになってようやく、倫弥は声を荒らげた。

強盗だかなんだか、とにかくそんな相手に莫迦げた問いだが、他に言葉などでてこなかった。

「まさか、助けてやったんだ。とりあえずだがな」

「首絞めておいて、助けたもなにも」

「絞めてねえ。押さえただけだ」

言われてみればそのとおりかもしれないが、意図は謎なままだ。絞めたのではなく押さえ

たからといって、それがどうして「助けた」ことになるのだろう。

気がつけばいつのまにか、視界もクリアになっていた。

「なにを……っ」

「楽んなったろうが」

「え……？　あ、れ」

どこが楽だ。死にそうだったのに。言いかけ、倫弥は言葉を止めた。

そういえばあれほどつらかった熱が嘘《うそ》のようにひいている。喉も、節々の痛みもすっかり治まっていた。

「どういうことです」

風邪の症状は治まったものの、ますます、目のまえの男が不可解だ。

(やっぱりセールスか？　これ)

超能力で治すだとか妙薬だとか、胡散《うさん》臭いものでも売りつけるつもりだろうか。

倫弥はオカルトの類が本当に苦手だ。どういうトリックをつかって熱をさげたのだか知らないが、なにをどう言われても、一切、認めるつもりはない。

ショック療法とか、たまたまとか。……ひょっとしたら熱のさがるツボでも押したのかも。

「どう、ってなあ。説明すんのも面倒くせえんだが」

「整体とかリンパマッサージとかですか」

「まあ、そんなもんだ。それより、小夜はいないのか」

「小夜って、祖母ちゃんのことですか。だったら、二年まえに亡くなりましたけど」

「ああ、そういやそうだったな」

忘れてた。男が小さく舌打ちした。

「入るぞ」

「えっ⁉　ちょっ……、あの！」

「小夜に話はしてある」

だから祖母は亡くなっている。話とやらがなにかは知らないが、見ずしらずの、素性もなにもかも怪しすぎる男など家にあげられない。

待て。

（――もしかして）

一つだけ、思いあたる。祖母の姿が、頭をよぎった。

「あなたが、祖母ちゃんと約束したっていう人ですか」

「約束？」

奥へ行きかけた男が足を止めた。ふり向き、意外そうに眉をあげる。

なるほど、祖母の言葉がようやくわかった。

『すうっごく恰好《かっこ》いい男の人が二人。私を訪ねてきたら、好きなだけ泊めてあげて。一緒に来るかばらばらで来るかはわからないけど。できればお世話してあげてね』

たしかに『すうっごく恰好いい』というのは正しい。

じっと見られているとわけもなく心拍数があがる。どうしてか妙に恥ずかしくて、倫弥は目を逸《そ》らした。

ここまで整っていると同じ男でもついどぎまぎしてしまうらしい。

（ところで、この人いったい何者なんだ）

それが、さっぱりわからない。

一つだけわかったのは、この男はかつて、この家に来たことがあるのだろうな、ということだ。母屋はまるっきり日本家屋の外観だが、中は徹底して洋風になっている。そのミスマッチに驚かれることが多いのに、彼はまるで気にもしていない。

ひょっとしたら単に、インテリアなどどうでもいいだけかもしれないが。

「なんだ、憶えてたのか。案外律儀だな」

「僕がじゃないです。祖母ちゃんが、ですけど」

「わかってる。ところでおまえは？」

「はい？」

「小夜の男か」

どうしてそうなる。揶揄《からか》われているのだろうか。

「孫ですよ。さっきから祖母ちゃんって言ってるでしょう」

「そうだった」

ふうん、と男が鼻を鳴らした。訊《き》いてきたくせに、いかにもどうでもよさそうだ。

だがたぶん、この男をここへ泊めるのは祖母の遺言だ。倫弥には守る以外に選択肢はない。

祖母ちゃん、名前くらい教えておいてくれればいいのに。

おかげで祖母の話が本当にこの男なのかどうか、はっきりしない。

祖母は七十を少しすぎて亡くなった。この男はどう見てもせいぜい三十代半ばか、もっと若いくらいだろう。これほど年齢が違うのに、どこでどうやって知りあったのだか。

「あのう、名前を伺ってもいいですか」

「リアム」

男がぼそりと言った。あまりにも短くて、つかのまそれが名前だと気づかなかった。えっ、と訊きかえすと、呆れたような目を向けられる。

「リアムだ。名前、訊いたのはそっちだろう」

「あっ、……ああ、そうか。すみません」

「どういたしまして。おまえは？」

「倫弥です」

男はひたと倫弥を見据えた。

「一人でここにいるのか」

「他に家族はいませんから」

男がどうでもよさそうに頷く。興味がないなら訊かなければいいのに、これは社交辞令のつもりだろうか。

社交辞令ならそのまえに、もうちょっと身元明かすとか、訪ねてきた事情を話すとか、いくらでもありそうだけれど。

だいたい、倫弥の熱をさげた方法だって言わない。説明が面倒くさいのかそれとも言いたくない理由があるのか、態度はどうも前者のようだったが、普通に考えれば後者か。

(やっぱりツボ？　あれも東洋医学だっていうし、秘伝のナントカがあって教えちゃいけないとか教えられないとか、そんなのかな)

どうも欧米人のような風貌のリアムが東洋医学というのも、はなはだミスマッチではある。それでも不思議な力とかなんとか言われるよりはずっといい。

「しばらくいるんですか」

「たぶんな。早くきりあげられりゃ、それはそれで助かるが」

当分、この家を住処《すみか》にするのか。ならば母屋の客間より、離れのほうが気楽かもしれない。倫弥は人の気配など気にならないが、物音が煩わしいというタイプもいるだろう。逆に、なにをするにも倫弥と共用になるので気を遣わせてしまうかもしれない。

(この人が誰かに気遣うとか、あんまり想像できないけど)

どちらかといえば、他人の足音だけでも煩《うるさ》いと眉を顰《ひそ》めそうだ。倫弥は仕事柄、生活が昼夜逆転に近く、寝ているところをばたばた騒がしくして、怒られるのも避けたい。なによりこの怪しげな男と同じ家屋に二人きりという状況がどうしても不気味で、なるべく離れておきたかった。

倫弥はリアムを居間へ通し、座らせてとりあえずのコーヒーと適当な茶菓子をだした。祖母の趣味で日本茶や紅茶、中国茶の類がたくさんあるが、この男がお茶を啜《すす》るというのもあまりイメージではない。

だが嗜好を訊くのはあとまわしだ。とりあえず今は他にすることがある。

「部屋は離れでいいですか？　狭ければ二間使ってくれてもかまいません」

「寝られりゃどうでもいい」

「母屋の部屋も余ってますが、ここだと僕が煩くするかもしれないですし」

「どうでもいいって言っただろ」

口振りが本当にどうでもよさそうだ。リアムは素《そ》っ気《け》なく答えて、倫弥の淹れたコーヒーに口をつけた。顔を顰《しか》めないところを見ると、どうやら不味《まず》くはないようだ。

「では、離れで。掃除してきますから、ゆっくりしていてください。そこいらのものは、適当に触ってかまいませんので」

リアムに伝え、倫弥は掃除用具を持って離れへと急いだ。

月に一、二度でも、一応掃除をしておいてよかった。窓ガラスを丁寧に拭《ぬぐ》い、ひととおり掃除機をかければとりあえず、人が住める程度にはなった。

急だったから、この程度で我慢してもらえるかな。

これ以上を望まれたなら、休みの日にでもあらためて徹底的にするしかない。

「ガスは頼んで開けてもらって、電気と水道は通ってるから大丈夫だよな。ええと、あとは――」

かつて、下宿人たちに祖母がしていたように、母屋のダイニングで朝晩の食事を提供するなど倫弥にはとても無理だ。祖母以外の他人と二人で暮らすのは経験がなく、正直なところ途方にくれかけてもいる。

まあ、なんとかなるか。

どうせ料金を受けとるわけでもない。祖母に頼まれたのは、訪問者を泊めてやれというそれだけだ。

不便があれば、あとはリアム自身にどうにかしてもらう他はないだろう。

「掃除、すみました。部屋を見ますか？」

「そうだな、そろそろ眠い」

言って、リアムが欠伸《あくび》をする。まだ昼間なのだが、いったいどういう生活をしているのだろう。倫弥も他人をどうこう言えないが、それにしてもだ。

（ここまで来るのに疲れてるのかな）

どこから来たのかすら知らないが、長旅だとしたら疲労もたまるだろう。

「明日か明後日《あさって》にはガス使えるように頼んでおきます。他はすぐに使えるのでご自由にどうぞ。それと食事ですけど、夕飯なら店で用意できますから、そちらで。営業中なら、いつ来ても平気です」

「ああ」

「朝は僕が時間が遅いので。もし同じ時間だったら、一緒につくってもいいので言ってください」

「わかった」

「それとお風呂なんですが、母屋にしかないんです。面倒でしょうが、こちらで使ってください」

聞いているのかいないのか、リアムは面倒くさそうに頷いただけだ。

まったく。誰の話をしていると思っているのだか。こんな面倒な説明、倫弥だって好きでしているのではないのに。

「ええと、荷物は？」

「ない」

「え？　だって」

絶句した。そういえば彼が現れたとき手になにも持っていなかったが、まさか身一つだとは。これから知らない場所に滞在するというなら、せめて身のまわりのものくらい運ぶか、送りつけるのではないのか。

うちはホテルじゃないし、用意なんてないよ。

祖母から頼まれてはいたものの、こんな状態とは考えもしなかったから、来客用の支度などなにもない。

「布団、どこかにあったかな」

着替えまではともかく、眠いというならせめて布団くらいはどこかで探さなくては。倫弥は慌てて部屋を出て、祖母が遺したあれこれを探しまわった。どうにか布団が二組ばかり見つかったが、とてもこのままでは渡せない。

シーツは洗濯したのを渡すとして、布団は乾燥機……しかないよな。

他に必要なものはないだろうか。見つけだした布団を乾燥機にかけつつ、倫弥は家中をばたばたと動きまわった。

「小夜にそっくりだな」

「はい？」

ソファに座りこんだままのリアムのまえを通りすぎると、彼がぼそりと告げた。

「おまえ、小夜によく似てる」

もう一度言われて、倫弥はどこが、と首を傾《かし》げた。

顔つきはまるで似ていない。倫弥はたしかに男らしいとは言いがたい、むしろ真逆な風貌だが、祖母は若いころ相当な美人だったとかで、晩年もその面影の残った華やかな顔立ちだった。どこをどう見ても似ていない。

「顔じゃねえ。小夜もそうやって他の奴の世話しようと走りまわってた」

「はあ」

今、倫弥が走りまわっているのはリアムの支度を調えるためだが、リアムはまるで他人事《ひとごと》だ。

莫迦ばかしいから放っておくかと思いつつ、そうもできない性分なのが自分でも呆れる。日本家屋はよくも悪くも密閉性が低く、夜はかなり冷えるのだ。おまけに冬が間近ときている。さすがになにもなしではきつい。

「祖母とはどういう知りあいだったんですか」

「三度会った」

回数を訊いたのではもちろんない。友人だとか仕事関係だとか、かつて下宿していただとか、あり得ないけれど遠縁だとか。つまりは間柄を訊《たず》ねたのに、まるで的外れな答えが返ってくる。

「そうじゃなくて、どんな関係だったのかなって」

「だから、三度会っただけだ」

街中で三度すれ違ったとか、そんな話でもないだろう。祖母がわざわざ泊めてやれと言いのこすくらいだから、なにか事情があるだろうに。

(言いたくないのか?)

表情からはまったくわからないが、倫弥の問いの真意くらい伝わっているだろう。ただ空《そら》惚《とぼ》けているのに違いない。

かなり年齢の違う祖母を『小夜』と呼びすてにする妙に親しげな調子が気になる。だいたい同じ敷地内に素性のわからない男を、しかも、さっき殺されるかと勘違いしたばかりの相手を泊まらせるのも正直、微妙な気分ではあるが、これも祖母の願いならしかたがない。

まだ祖母が元気だったころに何気なく言われたのならともかく、亡くなる直前に病床から頼まれた。よほど、気がかりだったはずだ。

祖母ちゃん面食いだったから、この人好みっぽいけど、それにしてもなあ。

どういう知りあいなのか、ものすごく気になる。けれど彼は、倫弥に説明するつもりはないようだ。

掃除したばかりの部屋へ乾燥機にかけた布団を運び、とりあえず寝るくらいならできるように準備した。これだけでもすでにぐったり疲れてしまったが、祖母は昔、この数倍の作業を一人でこなしていたのだ。まったくたいした人だと、今さらながらに感心する。

世話好きな人だったしなあ。そりゃあ好かれもするか。大勢が弔問に訪れた葬儀を思いだして、ほんの少しだけ温かくなる。

倫弥は祖母が好きだったし、他の人々にも愛されていたのが嬉しい。喪失感は大きいが、それでも祖母が遺してくれた縁のおかげで、倫弥へと代替わりした『かつらぎ』に、馴染みの客たちが通ってくれる。

一人で倫弥を育ててくれた祖母に、深く感謝もしている。

（だから――）

祖母の最期《さいご》の望みは、かなえてあげたい。それが、どうやら厄介《やっかい》そうな男との同居生活であっても、だ。

遺言では二人と聞いた。つまりはあと一人、いずれこの家を訪ねてくるはずだ。

その人物がリアムほどとっつきにくくはないことを、願わずにはいられなかった。

＊　　＊　　＊

倫弥が『かつらぎ』を閉めて自宅へ戻るのは早くて午前一時、状況によってはもっと遅くなりもする。夕食は閉店後、店の残りもので適当に食べてきていたのだが、リアムが来て以来、家で摂るようになった。

彼が居着いて数日経ったころ、仕事を終えた倫弥が深夜に帰宅して、たまたま風呂からあがったばかりのリアムにでくわした。食事はと訊ねたら「まだだ」との答え。それで自分の分と一緒につくったら、習慣化して結局、遅すぎる時間に彼と食卓を囲むようになってしまった。

当初、夕飯は店でと話してあったが、彼は面倒なのか他の理由があるのか、まだ一度も店に来ない。

ともかくもリアムを離れに住まわせ、奇妙な同居生活がはじまった。リアムはなにをしているのやら、ふだんは家でごろごろしている。生活サイクルは倫弥とあわせているのか、いたって夜型だ。

どうやら祖母の世話好きの血が、倫弥にも色濃く遺されているようだ。放っておけばいいのに、つい手をだしてしまう。

それに、おそらく。あまり認めたくはないが、やはり誰かの気配が傍にあるのは心地いい。無愛想で面倒がりな男であっても、誰もいないよりましだ。

彼はときおりふらりと出かけ、剣呑《けんのん》で少し疲れた気配をひきずって帰ってくる。どこへ行ってなにをしているのか訊いてみたいが、そういうときのリアムはいつも以上に声をかけづらい雰囲気を醸しだしていた。

この日の『かつらぎ』は客足が早い時間にとだえ、早めに閉めた。午前一時より少しまえに戻ると持ちかえった残りの食材で手早く遅い夕食の下拵《したごしら》えをすませ、調理の合間に風呂の準備をする。風呂あがりに浴槽を洗っておいてあるから、軽く流して湯栓を捻《ひね》るだけだ。そうして、離れにいるリアムを呼んだ。

リアムは風呂好きなくせに、倫弥が湯を張らないとシャワーですませるようだ。それにも気づいて、放っておけばいいのについ、準備してから彼を呼ぶようになった。

彼が風呂に入っているあいだに夕飯をつくり、彼と入れちがいで倫弥が使う。毎回、先に食べていてと断っているが、怠惰でマイペースなリアムが、どうしてか食事だけは倫弥を待って一緒に摂った。

ささいな手間が増えた以外、同居生活でとりたてて苦労はない。風呂にしろ食事にしろ、基本的には自分用のついでだ。たとえば倫弥がリアムを放っておいたなら、こんな習慣はつかなかっただろう。彼からなにかを要求されることはない。

最初に予想したよりは、手間のかからない男だ。

(食事くらい、かなあ)

味に煩いというよりは好みがはっきりしているようで、気にいらない味だと一口以上は手をつけない。食材なら対応は楽だが味つけとなると、だしてみるより確認の方法がなかった。

食べないなら、食べないでいいか。

リアムはどこからどうみてもおとなだし、空腹になれば自分でどうかするだろう。

今のところ、倫弥がつくったものは綺麗に平らげている。残されたのは外で買ってきたもののうちいくつかだ。表情も変わらないしもちろん感想など一言もないからわからないが、食べたくないほどではないらしい。

彼といて困るのは、やたらと触られることだ。肩だったり腕だったり腰だったり、場所は様々だが、なにかと理由をつけては触ってくる。たまたまぶつかったとか、呼ぶためにだとかではなく、あからさまにはっきり触られる。摑んで、撫でるように手が動くこともしばしばだ。外国人だし、スキンシップが癖だったりするのだろうか。

それだけならまだしも、倫弥はどうしてかリアムの手にいちいち過剰反応してしまう。狼狽《うろた》える自分に困り、何度も触るなと言っているのに聞いてくれない。

あの目が悪いんだ、ぜったい。

ただでさえやたらと艶めかしい雰囲気を漂わせた男で、特に黒々とした瞳の威力は凶悪にすぎる。明かり一つない深い真闇のようで、そのくせてろりと輝いてみえる。

あの黒い瞳でじっと見られると闇雲な不安に襲われそわそわしてしまい、どうにもおちつかない気分にさせられた。

「夕飯は完了、っと」

本日の夕飯はバルサミコソースをかけたローストポークの厚切り、添えものは蒸かしたジャガイモにたらこマヨネーズ、たっぷりの温野菜。なんであれ必ず味噌汁をつけるが、今晩の具はわかめと大根。あっさりとして簡単だが、自宅でまで凝ったものなどつくっていられない。

子どものころから野菜を食べなさいと祖母にしつこく言われたのと店で残る確率が高いのとで、食卓には必ず野菜が加わる。

倫弥自身は肉より魚が好きだし野菜はもっと好きだ。観察していたところ、リアムはどうやら肉食のようだが、魚でも食べるので主菜がどちらになるかは状況次第。

廊下から足音が聞こえてきた。リアムが風呂からあがったらしい。

「おい」

「……っ」

キッチンへ顔をだしたリアムは、濡れた髪にタオルを被《かぶ》り、ボクサーパンツ一枚という恰好だった。

倫弥は息を呑んだ。鼓動がばくばくと早鐘《はやがね》を打つ。

晩秋、しかも夜中だというのに、半裸で平然としている。見事な体軀《たいく》を惜しげもなくさらした姿は目の毒で、慌ててさっと顔を逸らした。

(だっ、だから相手は男だって！)

とにかくおちつけ。

「なんて恰好してるんです。さっさと服着ないと風邪ひくって言ったでしょうが」

「ひきゃしねえって。それより、なにか飲むものくれ」

自分で用意したらと言いたいのをこらえつつ、倫弥はふうと息をつく。

「お茶？　コーヒー？　冷たいのなら、冷蔵庫に水とコーラがあるけど」

「ビール」

「あのねえ」

「あるんだろ」

……ある。

「缶ビールなら冷蔵庫に入ってるよ」

「グラス寄越せ」

缶臭いのが嫌いらしい。まったく贅沢な。

この男は酒を水のように呑む。軽く上向いてビールを喉へ流しこんだ。がっしりした首が露《あら》わになり、喉仏が動いているのが見える。

（だから、なにおたおたしてるんだよ）

リアムが来てから、どうも調子が狂う。彼が傍に来ると、いつもこんな状態だ。

「ごちそうさん」

「どうも。……ッ」

空《あ》いたグラスを受けとろうとしただけなのに、腕を掴まれひっぱられる。よろけてリアムの身体にぶつかりそうになる。目のまえにはリアムの裸の肩がある。

（う、わっ）

カッと頬《ほお》に血がのぼる。ぱっと腕が解放された。リアムはくっくっとさも可笑しそうに笑っている。

完全に面白がられている。恥ずかしいやら情けないやらで、倫弥は乱暴にグラスを奪いとり、シンクにぶつけるように置いた。

「おい、気をつけないとまた割るぞ」

「放っといてくださいッ」

あの目が悪い。とにかくやたらと艶めかしすぎるのが悪い。リアムの気配にあてられているだけで、別におかしくなったわけじゃない。倫弥は必死で自分に言いきかせた。

「ところで、おまえの店にやたら白っぽい男が来てないか」

「白っぽいってそんなざっくりした言いかたされても」

祖母のようなことを言う、と、倫弥はため息をついた。わからないよと返しかけ、ふと言葉を止めた。

そういえばリアムが来る直前、たしかに『白っぽい』男が来た。明らかに日本人ではない、ずいぶんと綺麗な男だった。

（あの人か――？）

同時期に現れた異国人が二人、知人だろうかと考えていたが、やはり無関係ではないようだ。

「憶えがあるんだな。そいつがまた来たら、なるべく近づくなよ」

「どうして」

リアムは答えない。答えたくない質問には黙るのが、この男の癖だ。

「祖母ちゃんを知ってるみたいだったし、お客さんで来たら断れないよ」

「断れとは言ってない」

近づくなと言われても『かつらぎ』はたいして広くないのだ。テーブル席だって話し声がとどく距離だし、ましてカウンターなどはごく近い。

理由があるなら話せと問いつめたいが、迫ったところでどうせ口は開かない。

「外ではともかく、お客さんだったら普通に接するよ。じゃあ僕は風呂入ってくる。ご飯どうする？」

「あとでいい」

「わかった」

そんな恰好でふらついて、熱でもだしてみたらいいんだ。

勝手なことを言って説明もしないリアムが憎らしい。腹だちなかばでいらぬことを考えながら、倫弥は風呂へ向かった。

＊　＊　＊

食事にも酒にもとりたてて興味はないと思っていた。腹が満たせればよかったし、食べられない食材もない。けれど祖母が亡くなって彼女のつくる料理を食べられなくなってから、なにを食べても満足できない自分に気づいてしまった。

子どものころから慣れしたしんだ味、しかも営む料理屋の客たちが絶賛するものを日々食べていられたのは、かなり贅沢だったらしい。亡くなってからわかっても、もう祖母に伝えられない。それが、残念でたまらない。

その代わり、せめて祖母が遺した味を復活させようと日々奮闘しているのだが、古馴染みの客たちは未《いま》だに合格点をだしてくれないし、そもそも倫弥自身が、どこか違うとわかっている。

リアムから警告を受けた数日後、『かつらぎ』のカウンターでは毎度の会話が交わされていた。

「みんな、先代さんの味を理想化しちゃってるんじゃないの。俺にはすっげー美味《うま》いよ」

馴染み客のうちで祖母の味を知らない白井が首を傾げた。

「二年やそこらで忘れるかよ。一口でびっくりするっていうよりは、こう、じわじわーっとくるっていうかな。しばらく食わないでいるとまた食いたいって思わされるんだよな」

反論した古馴染みの客に、倫弥も苦笑いを浮かべて頷いた。

「そうでしたね。僕は、祖母がいなくなるまでわかりませんでしたけど」

「そんなもんさ。たいていのものは、失《な》くすまでどれだけ貴重かわからない。俺みたいに先が短いと、そんなことばかり考えるね」

「鈴江《すずえ》さん、まだそんな年齢じゃないでしょう」

「倫君に比べりゃ、もう充分年寄りだよ。俺の目の黒いうちに、小夜さんの味を再現してほしいねえ」

「長生きしてくださいね」

「そりゃ当分無理だって宣言か？」

「さあ、どうでしょう」

倫弥は注文を捌《さば》きつつ、たわいない世間話に興じる。引き戸が開き、あらたな客が入ってくる。「いらっしゃいませ」と型どおりの声をかけようとして、わずかに遅れた。

入ってきたのは、いつか来たあの異国人の青年だった。

（本当に来た）

リアムの予想どおりだ。青年はどうしてか倫弥を見たとたん、ごく微《かす》かに表情を曇らせた。

けれどすぐに会釈をし、「こんばんは」と美しい発音で告げてカウンター席へついた。

近づくな、って言われてもなあ。

この距離になにか問題があるのか。考えられるのは暴力をふるうとかたちの悪い酔いかたをするとかだが、外見の印象ではとてもそんな人物には見えない。むしろ、リアムと青年とを比べたら、十人が十人ともリアムのほうをより危険だとみなすだろう。

見た目だけで判断するのはよくないかもしれないけれど、ここには人目がある。トラブルが起きたとしても、それほど大事になるとは思えない。

リアムの警告の理由も意味もわからない。そもそもリアム自身が何者でどんな目的があるのかすら、倫弥は知らないのだ。彼に言われたからと過剰に心配するのは、客に対して失礼だ。

青年は祖母の代からある定番の品を注文し、今晩も綺麗に平らげた。

(ほら、やっぱりなにもなかった)

家に戻ったら、リアムに問題など起きなかったと伝えなくては。それでも近づくなと言われるなら、今度こそ理由を問いつめたい。

「ありがとうございました」

食べおえた青年に会計を頼まれ、お釣りとともにレシートを渡す。青年はそれを受けとり、そのまま軽く身体を屈めた。

「あなたの家へ、誰か訪ねてきましたか」

ごく小声で言われた言葉に、倫弥の肩が揺れる。

青年が示したのはリアムだろう。彼からこの男に近づくなと警告されたのだ、間違いない。

「はい？」

倫弥は笑んでみせ、知らぬふりを装う。

二人とものの言動の理由がわからないだけに、迂闊《うかつ》なことは言わないほうがいいだろう。

「私と同じくらいの背恰好で、やたらと粗野で図々しい男ですが」

粗野というのは少し違う。リアムは外見の印象に反して、意外なほど所作が美しいし、無駄な音もたてない。

「さあ」

「とぼけなくてもいいですよ。いるんですね、そして警告でもされたというところですか」

「すみません、心あたりがないんですが」

「かまいません。確認はできましたので」

青年はほっとしたような、困ったような曖昧な顔で告げ、『かつらぎ』を出ていった。


いったい、なんなんだ。

リアムもあの男も、なにを企《たくら》んでいるのだろう。それに、妙な遺言を残した祖母もだ。せめてもう少しわかりやすい遺言にしてくれたらよかったのに。

祖母は二人ともに親切にしろと言っていた。けれど、リアムはあの男には近づくなという。仲が悪いだけか、それとも他に理由があるのか。祖母が頼んだ『二人』の片割れは、あの男ではないのか。

「まったく、みんな勝手なことばっかり言って」

三人とも、言葉の意味を説明しようとしない。一人くらい親切心を発揮してくれてもいいのに、一方的に倫弥に頼んだり要求したり訊ねたりするだけだ。

もういない祖母は話のしようがなく、残る二人のうち、青年はただの客だ。そしてゆっくり話をする時間のあるリアムは、どうやら話す気がないときている。

みんな、僕を混乱させて面白がってるんじゃないだろうな。

まったく自慢にならないが、揶揄って面白いタイプではないと思う。根がのんびりでさほど極端な反応をするでもないし、気の利いたきり返しなどもちろんできない。困って笑うか黙りこむか、明後日《あさって》の方角に返事してしまうか、そんなものだ。

「寒くなってきたんだから、せめて気分だけでも温かくしてくれるとかさ」

店じまいをすませての帰り道、倫弥は歩きながら小さくぼやいた。けれどそれをリアムに望むのは、たぶんきっと無理だろう。

家へ戻ると、リアムは母屋の居間にいた。広いウッドテーブルに新聞を広げて眺めている。この男は新聞だの雑誌だの本だのが好きなようで、見かけるたび、たいていなにか読んでいる。その代わり、テレビやラジオにはそれほど興味はないようだ。

祖母が洋風の生活を好んでいたので、母屋は徹底的に洋風に改装されていて、和室があるのは離れだけだ。

フローリングの床には床暖房が入っていて、冬でも暖かくすごせるが、祖母がいなくなってからはあまり使っていない。代わりにラグマットを敷き、厚着をしてすごしている。

母屋は内装も家具類もすべて祖母がいたころのままで、たぶんそれなりに値の張るらしい品々だ。今まで意識していなかったが、部屋にリアムがいると全体に高級感が漂う。

すごく、似合うな。

リアムはモノトーンの衣類を好むようで、色味があってもせいぜい濃青か茶系だ。今日も光沢のある黒いベロアのカットソーに、ボトムも黒のストレートライン。どちらも薄手の素材だが、暖房を入れていないのに、リアムは平然としている。

倫弥はといえば今もコートだけは脱いだものの、インナーにシャツ、裾《すそ》の長いセーター、綿ボトムはそのままだ。ルームウェアのフリースに着替えるのは、風呂を使ったあとでいい。

そろそろ暖房を入れるべきだろうが。部屋が乾燥すると喉を痛めやすくなる。できるだけぎりぎりまで、暖房なしですごしたい。けれどリアムの恰好では、見ているほうが寒くなる。

「ただいま。リアム、風呂は？」

「まだだ」

だろうな。無駄と知りつつも訊ねれば、予想どおりすぎる答えが返ってきた。

「そう。ところで今日、たぶんリアムが言ってた人が来たよ」

「カレンか？」

「カレンっていうの？　名前は知らないけど。普通に料理と酒注文して、普通に食べて帰っただけだった。別になにもなかったよ」

「それでいい。とにかく近づくな」

「カウンターに座られたら無理だよ」

「そっちの『近い』じゃねえよ。おまえ日本人だろうが」

「だって他にどう解釈するの」

皮肉ではなく本気でわからなくて、倫弥は首を傾げた。リアムは顔をあげ、長々と嘆息して新聞を畳む。

「気持ちの問題だ阿呆。おまえホントに小夜の孫か」

気持ち、って言われてもなあ。

あからさまに異国人なリアムに日本語の使いかたを教わるのは業腹だが、気持ちと言われてもまるでピンとこない。

（だって、相手はお客さんだよ）

親しく話す馴染み客はいても、所詮は店主と客の関係で、それ以上でも以下でもない。

「せめて理由くらい教えてくれない？　納得できれば、僕だって対応できるのに」

自慢ではないが感情の機微に聡《さと》いほうでもない。事情もわからないままでは対処のしようもなくて、倫弥はぎゅうっと眉根を寄せた。

「そのうちわかる」

リアムが鼻を鳴らして言った。

「そのうちって、いつ」

「さあな」

「だいたい、あの人がまた店に来るともかぎらないよ。ずっとこの辺に住んでたんじゃないよね。いつまでいるとか、なにしに来たとかリアム知ってるの」

「だから、そのうちわかるっつってんだろうが。時期がくりゃ嫌でも納得できるんだ、のんびり待ってろ」

「のんびりって、そうやってはぐらかされると、よけいに気になるんだけど」

リアムの言いかたがあまりにもおざなりで、倫弥は柄にもなく少し声を荒らげた。

リアムが目を眇《すが》め、ひたりと倫弥を見据える。ただでさえ険しい顔つきがいっそうきつくなり、倫弥の身体がびくりと揺れる。

（怒った……？）

しつこく食いさがったから怒ったのだろうか。けれど、怒られるような筋合いはない。獰《どう》猛《もう》でしなやかで、優雅でさえある。まるで、猫科の猛獣のような動きだ。

リアムは黙ったまま立ちあがった。大柄なのに動作は音もなく素早い。

「なん、です」

彼がひどく恐ろしく思えた。かろうじて声は震えなかったが、緊張で喉が渇き、詰まるのは止められない。

目のまえに来たリアムが、倫弥の肩を摑んだ。彼の手のひらは大きく、倫弥の細い肩など簡単に摑めてしまえる。

「そのうちわかるっつってるだろ。あんまり煩くすると、その口塞《ふさ》ぐぞ」

低く囁《ささや》くような声が、耳のすぐ傍で聞こえた。どう聞いても脅し文句なのに、艶めかしい響きに耳の奥までぞわりと慄《ふる》える。

（うわわっ）

倫弥はたまらず目を強く瞑《つぶ》り、肩を窄《すぼ》めた。

体温すら感じられるほど近くにリアムの端整な顔がある。耳朶《みみたぶ》に、彼の息がかかる。

（……これは……なんの匂いだろう？）

甘くて、けれどずいぶんと強く濃厚な香りが鼻腔を擽《くすぐ》った。なにかの花のような香りだ。

くくっと、リアムが喉で笑ったのが聞こえた。

「塞ぐってなに、それ」

笑われてむっとする。顔をあげ彼を睨むと、リアムは無言のまま腰を屈めた。

「な……っ」

後退《あとずさ》る隙《すき》もなく、視界が翳《かげ》った。同時に腰を強い腕に攫《さら》われ、身体がぶつかる。

他の、部分も。

唇が重なっているのだと気づいたのは一拍あとだ。倫弥の唇が、リアムのやや厚めで柔らかいそれにぴったりと塞がれている。

(なんで——!?)

倫弥は呆然《ぼうぜん》と目を見開いた。唇の上をリアムのそれが擦り、擽る。上唇を挟まれてきゅっとひっぱられると、ぞくっと背筋が慄《おのの》いた。

「ん、んっ」

離せ、と言うつもりで腕を突っぱり、リアムを剝《は》がそうとするが、彼はまったく動じない。じたばたと暴れる倫弥を難なく押さえ、さらに強く抱きこんでしまう。

尻をぐにっと摑まれて悲鳴をあげるが、それすらリアムの唇に呑みこまれるだけだ。

(なに、これ)

背筋がぞくぞくする。二の腕のあたりがざわついて、ぶるっと胴震いがした。

リアムの唇は冷たかった。倫弥が逃げれば追いかけてきて、宥《なだ》めるように触れてくる。柔らかさにぼうっと浸るときゅっと強めに吸われ、悪戯めかして歯をたてられた。

（……ああ、またこの匂いだ）

やはり花のような香りを感じた。リアムに花など不似合いだろうか。いや、植物はその甘い香りと蜜で虫をひきよせ、受粉の手伝いをさせるのだ。闇雲な引力のあるリアムには、案外似合うのかもしれない。

禍々《まがまが》しいほどあざやかな大輪、薔薇《ばら》か蘭《らん》、百合《ゆり》あたりがイメージだろうか。

息ができず苦しくなって唇を開けば、そこから舌がもぐりこんでくる。口腔を掻きまわされ顎《あご》の裏をねっとりと舐《な》められると、背筋の慄きはますます強くなった。

（気持ち、いい――）

あまりに気持ちよくて、倫弥は次第にその感触に溺《おぼ》れていった。もがくのをやめ、身体がリアムへと凭《もた》れかかる。力の抜けた身体はリアムの腕に支えられていないと、その場で頽れていきそうだ。

体温があがる。リアムの舌が退《ひ》かれると寂しくなって、倫弥は彼のそれを追いかけた。なにも考えられないまま、無意識で自分から舌を伸ばすと、リアムのそれがまるで褒美のように倫弥の口腔を操ってくる。

「ん、……ぅ……」

密着していた腰が、ごく軽く揺すられた。

(――――ッ)

とたんに、とんでもない衝動が駆けぬけていく。リアムの身体で擦られた自身の脚のあいだのものが、わずかながら熱くなっていたのに気づき、倫弥は慌てて彼を突きとばした。

「な、にする……ッ」

身体はあっさりと離れ、唇が解放された。支えられていた腕も離れていったので、倫弥はそのますますとんと床に座りこんでしまった。

「なにって、口塞ぐっつったろう」

リアムはしれっとしたものだ。倫弥などはまだ唇が痺《しび》れて、上手く舌がまわらないというのに。

「煩くするとって言ったくせに」

問題はそこじゃない。が、どうしてか論点がずれる。

(なんでこうなる⁉)

キスされた。指が勝手に唇をなぞる。リアムに与えられた感触がよみがえり、また震えてしまいそうになる。

「とっ……とにかく、理由を」

「憶えが悪いな。もう一度言うが、じきにわかるから待ってろ」

言って、彼は薄笑いを浮かべた。これは、どう見ても面白がられている。

乏しいとはいえ、倫弥にだって一応、女の子とつきあった経験くらいはある。けれど今のキスに比べたら、自分がしたそれなど子どものじゃれあいのようなものだ。

官能を揺さぶられるというのを、はじめて知った。自分の反応が恥ずかしくて、すぐ近くにいるのにリアムの顔が直視できない。

身体がぶつかったあのとき、倫弥の状態に気づかれてしまっただろうか。厚手の綿ボトム越しだし、ばれていないと願いたい。あんなのを知られていたらと考えるだけで、今すぐ死んでしまいたくなる。

いやだから、今はそんなことを考えている場合じゃない。

どうでも理由を説明させようと、倫弥はふたたび口を開いた。けれど一言告げるより先に、リアムが倫弥に背を向ける。

「どこ行くの」

「風呂」

「まだ準備してないけど」

「シャワーでいい。それより腹が減ったから、メシをくれ」

偉そうに言いはなつと、リアムはさっさと消えてしまった。

「誰がつくるかっ」

一人残された部屋で、倫弥は悔しまぎれに吐きすてた。いっそこのまま、リアムが戻ってくるより先に眠ってしまおうか。

仕事のあいまに軽く摘《つま》んではいたので、こちらはそれほど空腹じゃない。けれど。

それができる性分なら、こんな状態にはならなかった。リアムを住まわせるのは祖母の頼みでも、世話を焼けとまでは言われていない。

放っておいてもきっと、彼は自分でどうかするだろう。初日に手ぶらだったのも、いつのまにか衣類やら家具やら、揃《そろ》えていたくらいだ。

「ああもう」

倫弥は短く言って、料理するためにキッチンへと移動した。その晩は結局眠るまで、一度もリアムの顔を直視できなかった。

＊　＊　＊

カレンというらしい異国人の客は、数日おきに『かつらぎ』に現れるようになった。

馴染み客が訊きだした情報によると、彼はもうずっと日本に住んでいて、ここへはしばらくまえに仕事の都合で訪れたという話だ。

祖母が『かつらぎ』を営んでいたころにときどき来ていて、懐かしくてまた顔をだしてみたという。

「あなたの小さいころを知ってるんですよ」

「そうなんですか？」

カレンに言われ、倫弥は目を丸くした。

「ええ。小夜さんが連れているのを見てましたから。そちらは、憶えていないでしょうけど」

「すみません」

彼はカウンター席の端を定位置と決めたようで、来るたび空いていれば同じ場所に座る。

「いいえ。本当に小さいころですしね」

祖母を懐かしむ彼の表情はたぶん本物だろう。それが嬉しいようなせつないような、複雑な気分だった。

嬉しいのは未だに祖母を憶えていて、懐かしんでくれること。彼の表情からして、思い出はきっと温かいものなのだと想像できる。せつないのは、せっかく祖母を知る人なのにどうしてかリアムと仲が悪そうで、長話ができない。

近づくなとの警告の意味は未だに教えてもらえない。キスなどされたせいで、こちらも訊きづらくなってしまった。

あれから十日ばかり経ったが、キスのせいでやたらとリアムを意識してしまっている。彼の唇を目で追ってしまってあたふたしたり、いつものように軽く触られても、神経を弾かれたように驚いてしまったり。

これでは保《も》たない、おちつけとどうにか自分を諫《いさ》める倫弥をよそに、リアムは一向に気にする素振りはみせなかった。

(警告の理由、この人に訊いたら教えてくれるのかな)

祖母が訪ねてくるといった二人の片割れは、おそらくカレンだろう。ならば家でなく『かつらぎ』にしか来ないのはどうしてだ。

いったい、この二人のあいだにはなにがあって、そうして祖母とはどういう関わりなのだろう。

「おでん、いただけますか。餅巾着《もちきんちゃく》と白滝、それとさつま揚げお願いします」

「はい」

「さつま揚げ、たしか自家製でしたよね」

「ええ。なかなか祖母の味にはとどきませんが」

「私の口では、同じに感じますよ」

「ありがとうございます」

目の端に、古馴染みの客たちがにやにや笑っているのが映る。

(どうせこの程度のお世辞だって喜んじゃってますよ)

顔が綻《ほころ》ぶ自覚はある。さぞかし緩んで見えているだろう。けれど嬉しいのだからしかたない。

カレンはリアムとは違い、倫弥を動揺させたりはしない。容姿は際だって整っているのに、傍にいると妙に安心できてしまう。

見た目の印象と所作だけなら、明らかにリアムのほうが「あやしい男」だ。順番が狂っただけなのだろうか。もし彼と先に知りあっていたら、逆にリアムに近づくなと警告されたのだろうか。それとも、彼のほうからはリアムをつきはなそうとはしないのだろうか。

（……あれ？）

まただ。どうも視線を感じる。彼と話していないときにかぎって、カレンに見られているような気がした。それも、一度や二度ではない。

意識しすぎているだけで気のせいなのか、それとも本当に見られていて、なにか理由があるのだろうか。

「ごちそうさま」

カレンは食後にだした緑茶を飲みほし、席を立った。

この晩も、視線を感じる以外にはとりたててなにも起きなかった。

「まったく、リアムもいい加減理由教えてくれたらいいのに」

徒歩で数分の帰路につくたび、小さくこぼすのが癖になりそうだ。

キス以来、こうしてささやかにでも毒づいておかないと、リアムの近くにいるのに耐えきれなくなっている。

リアムは相変わらず触ってくるし、どうやら倫弥が意識しているのを見透かしていて、しょっちゅう揶揄うような薄笑いを浮かべている。

ふりまわされるのが悔しくて毅然《きぜん》としていたいのに、当人が近くに来るともう駄目だ。

「騒がしくなったよなあ」

カレンやリアムが現れてからというもの、倫弥の周囲は賑やかになった。そういえば夜、寂しくなることもない。

彼らを知る以前の、平凡ながら穏やかな日常はもはやすっかり無縁だ。毎日、主にリアムのせいで慌ただしくおちつかない。

そうしてもう一つ。彼らが現れて以来、たて続けの不運もぴたりとやんでいる。

(幸運でももってきてくれたのかな。……ああでも)

少なくともリアムが「幸いを運ぶ」とはとても思えない。どちらかといえば不幸を連れてくるのがリアムで、カレンが幸福の運び手、だろうか。

背に黒い羽を生やしたリアムを想像したらあまりにぴったりで、ちょっと笑えた。笑ったその勢いのまま、倫弥は足を速めた。

＊　＊　＊

『かつらぎ』の定休日は日曜だ。これも祖母の代から変わっていない。まだ倫弥が小さいころ、せめて日曜くらいは倫弥と一緒にいてくれるため、祖母が定休日を変えて以来だ。

倫弥には気遣う家族もなく、外出したい場所もない。休んだところで家の雑用をこなす以外、すべきことも別にない。

定休日はなくしてもよかった。ずっと迷ってはいたのだが、少なくとも当分は無理そうだ。リアムが来てからは食料の買いだしに掃除、他にもこまごまと雑用が増えていて、やはりまる一日使えるのはありがたい。片づけなくてはと思っていた庭も、未だにそのままだ。

休日も起きる時間は同じ、午前十時前後だ。朝昼兼用の食事をつくっているうちに、たいていリアムが顔をだす。

「おはようございます」

菜箸でスクランブルエッグをかきまぜていると、背後に気配を感じた。ふり向けばやはり、リアムがこちらを眺めている。

「もうじきできるよ」

「ん。午後、出かけるから支度しておけよ」

「はい、って……え？」

反射で頷いてしまったものの、支度？　なんのことだ。

「お弁当でもつくるの」

「阿呆」

呆れた目を向けられ、倫弥はむすりと唇を尖《とが》らせた。そんな単語だけで理解などできるものか。

「僕は超能力とか持ちあわせてないので、説明してもらわなきゃわかりません」

「出かける支度っつったら着替える以外なにがある。別にその恰好でいいってんなら止めないが」

どこへやら一緒に来いと言われているのだろうか。それともお遣いの類か。

（お遣いのほうがありそうだよなあ）

あまり面倒なことを頼まれなければいいのだが。

だが食事をすませると着替えてこいと急《せ》きたてられ、着替えてみれば「行くぞ」と一言。リアムと一緒に出かけるのか。いったいどこへ。困惑する倫弥をよそに、リアムはさっさと先にたって歩いていってしまう。

「どこに行くの」

訊いても無駄だろうとわかりつつ訊ね、やはり無言で返された。

向かったのは駅前、賑わう街中だった。リアムはあちこちを目線だけで眺めている。買いものでもするのかと思ったが、どうもそんな様子でもない。

なにを探しているのだろう。首を傾げつつも倫弥は彼のあとをぼんやり歩いた。

年末商戦で賑やかな商店街は、あちこちに魅力的な品が並べられている。皿や食器を見ては店にどうかと手にしたり、蜜柑《みかん》を山盛りで買ったり、美味《おい》しそうな食材を見てはこれをどう料理しようと考えてみたり。リアムよりよほど倫弥のほうが買いものに夢中だ。

ふらついているうち、倫弥の両手は買いもの袋でいっぱいになった。

「あっ、ちょっと待って」

「またか」

ショーウィンドウに暖かそうなコートが飾られている。今着ているのは高校時代に買った紺のダッフルで、そろそろ新調してもいいころだ。

目にしたのはキャメルのロングコートで、フードにファーがついている。

「これ、見たいんだけどいいかな」

「好きにしろ」

リアムは諦めたように言って、倫弥へ向けてぐいと腕を突きだした。

「……？」

「荷物」

きょとんと目を瞬《しばたた》かせた倫弥に、リアムが重ねて「それ持ったまま入るのか」と言ってくる。

「ど、どうもありがとう」

「さっさと行け」

思いがけない親切に、びっくりするやら不安になるやらだ。荷物を預かってもらえたのはありがたいが、代わりになにを要求されるやら。

倫弥は急いでセレクトショップへと入り、目的のコートを試着してたしかめ、支払いをすませてリアムの元へ戻った。

「お待たせしました。荷物、すみません」

「いい」

預けたものを受けとろうとすると、リアムはそのまま歩きだしてしまう。

いいのかなあ。

普段が普段なだけに、どういう気まぐれなのかと勘ぐりたくなる。やはり、お返しは高くつきそうだ。

そうして相変わらずリアムは外出の目的を言わないまま、どこへ行くともわからない。

まあ、いいか。

どうせ訊いても答えないなら、風変わりな散歩だとでも思うしかない。

ふたたびショーウィンドウを眺めつつ歩いていた倫弥は、ふと、どこからともなく向けられる視線を感じた。

（――うん？）

長身の上に端整、しかも異国人のリアムはどこにいても目立つ。最初は彼が見られているのかと思ったが、どうもそうでもないらしい。

いったいなんだ。首を傾げ、倫弥は周囲を見まわした。

（どこだろう）

気になって、視線の主を探す。ぐるりとあたりを見まわして、反対側からもう一度。きょろきょろしていると、離れた場所でじっとこちらを見ている『影』に気づいた。

遠いはずなのに、どうしてかそれが倫弥を見ているのだとはっきりとわかる。

それは本当に、言葉そのままの『影』だ。形こそ周囲にいる人々と変わりない姿だが、全体を濃い灰色の靄《もや》だか塵だかのようなものがすっぽりと覆っている。

「あれは、なに」

呟《つぶや》いてしまったのは無自覚だ。それほど異様だった。ぞおっと背筋が冷たくなる。

きっと錯覚だ。また目がおかしくなったのかもしれない。二度の高熱のあとはまるきり健康でいたが、客商売で日々人と会う仕事だ。気をつけていてもウィルスを拾ってしまってておかしくはない。

（あんなの気のせいだ）

絶対に現実じゃない。あんなもの、世の中にあるはずがない。幽霊だのなんだのなんて幻想かつくり話か、思いこみにすぎない。

小さいころに見て怖がったという『なにか』も、きっと怖がりのせいで見間違えただけだ。大丈夫、なんでもない。倫弥は必死で自分に言いきかせた。

そんな努力を裏切るように、影が動いた。

「ひっ」

倫弥は思わず悲鳴をあげた。

動いたとたん、よく見ればたしかに人間、男だとわかる。けれどやはり普通ではなく、灰色の塵のようなものが男を縁取るように纏《まと》わりついていた。

「――ここにいろ。動くな」

リアムがごく小さく低い声で告げる。彼が持っていた買いもの袋が投げるように渡された。弾みで、道路へ蜜柑が一つ転がりおちる。そのオレンジが、やけにあざやかに映る。

リアムが駆けだした。

音が消えた。あれほど賑やかだったクリスマスソングも人の声も足音もまったく聞こえない。呆然と立ちつくす倫弥の視界がどうしてか色を失い、ぼやけて見える。

風もないのに、リアムの黒いコートの裾が大きく翻った。目に飛びこんできたのは、鮮血のような赤だ。

リアムはあっというまに男へ近づき、右腕を高く振りあげた。

（どう、して……）

その手にはいつのまにか剣のようなものが握られている。剣は剣呑に輝き、リアムの横顔を照らした。

数メートルは離れているはずの彼の表情が、はっきりと見える。

（どういうこと……だよ）

黒いセーターに黒のボトム、薄手のコート。とりたててめずらしくもない恰好をしていたはずのリアムが、なにか別のものに見えてくる。

あれはなんだ。リアムはいったい、なにをしている。あんなものをどこから持ちだしたのか。

動くなと言われずとも動けなくなっている倫弥の視線の先で、男が背を向けて逃げだす。

リアムは手に持った剣を斜め下へと振りおろし、男の背中を斬りさいた。

「ギャアアアアアア――――！」

濁った、なにかで潰《つぶ》されたような嫌な悲鳴が、耳の奥までとどく。倫弥はとっさに耳を覆い、きつく目を瞑った。

吹いていないはずの激しい風の音がゴオッと響く。

幻の風に煽《あお》られ、男の纏う灰色の塵が一瞬にして炎のようなものへと変化し、炎は天高く

舞いあがった。

「……っ、」

どれほどそうしていただろう。耳に元の雑踏がとどく。視界もふたたび、どこにでもある街中のものへと戻った。

倫弥はその場にがくりとしゃがみこんだ。

足元には、放りだした荷物が散らばっている。乱暴に投げてしまったから蜜柑はさらにこぼれ、買った食器が無事かどうかもわからない。

けれど、それらをたしかめるのも拾いあげる気にもなれなかった。

リアムがゆったりと戻ってくる。彼はときおりの外出時のような、やけにぴりぴりした気配を纏っていた。

「なにしてる。さっさと拾え」

「……あ、ああ。うん」

声をかけられ、倫弥はよろよろと立ちあがった。ぼんやりしたままのせいで、荷物のほとんどはリアムの手で集められ、持たれた。

「帰るぞ」

彼は短く言って、倫弥の腕をひく。脱力してしまった倫弥は、まるでひきずられるようにして帰路についた。

どうやって歩いていたのか、ろくに憶えていない。家へ着いても震えは止まらないままだ。

玄関に入ってリアムの腕が離れると、倫弥はまたその場で座りこんだ。

「あれは、なんです。なにをしたの」

「説明してやるから、とりあえず中に入れ」

「でも！」

見間違いだとか熱のせいだとか、そんな言葉ではもう誤魔化しようがなかった。

あれはたしかに現実。きっとリアムが最初真っ黒く見えたのも、ひょっとしたらカレンが発光したように白く見えたのもなにか理由がある。

もうこれ以上、知らないままではいられない。はぐらかされたままでいるなど、とても耐えられない。

(リアムって、誰。この人はいったい、なにものなんだ)

倫弥の熱をさげてみせたのも、指圧などじゃない。彼はなにをしたのだ。そして、今後なにをしようとしているのか。

なんのために現れたのだ。祖母は、彼らをどこまで知っていたのだろう。

「こんなところで長話してもしょうがねえだろ。いつも風邪ひくだのなんだのって煩いのはおまえだろうが」

促されてのろのろと靴を脱ぎ、どうにか居間へたどりついた。めずらしくリアムが動いて冷蔵庫を開け、中から倫弥にミネラルウォーターを、自分には缶ビールをとりだした。

こんなときでもビールか。呆れて、つい笑ってしまう。笑ったことで、わずかだが震えが収まってきた。

「おかしなモンが見えただろ」

リアムが唐突に口を開いた。

「……！　なんでわかるんだよ!?　あれ、なに」

リアムは小さく肩を竦《すく》めた。焦《じ》らすわけでもないのだろうが、ビールを缶のままぐいっと一口呷《あお》る。

「どうせ言っても信じねえだろうよ」

「言ってみなきゃわからないだろ？」

あんなものを見せられたのだ。普通じゃないということくらいわかっている。

「どうだかな」

リアムは疑わしげに倫弥を見た。

「あれは、おまえらの言葉で言うと悪魔ってやつか」

「は!?」

あまりにも予想外すぎる言葉が発せられ、倫弥は幻聴かと疑った。この期に及んでもまだリアムは状況を誤魔化そうとして、くだらない嘘をついたのかもしれない。

「だからどうせ信じやしないっつったろうが」

「だって、そんなの」

悪魔なんて、空想上のものじゃないか。それが現実にいるというだけでなく、目に見える場所に現れるなど、俄《にわか》には信じがたい。

倫弥がオカルト嫌いであろうがなかろうが、はいそうですかと納得できる話ではなかった。

「信じなきゃ信じねえで別にいいけどな」

前置きして、リアムが口を開いた。

リアムがここへ来たのは仕事のため。そして彼の『仕事』とは、あの灰色の塵のようなものの正体を狩ることで、見つけたから狩った。

相変わらず淡々と、どうでもよさそうな口振りだ。けれど、まだぴりぴりとした雰囲気だけは収まっていない。

しかもそれが、いつになく強い。ただ彼の横で呼吸するだけでもひどく怒らせてしまいそうで身体が竦む。

今すぐ逃げだして自分の部屋に閉じこもりたいが、それでも、すべてを知りたいという欲求が恐怖に勝った。

「……あのあと、どうなったの。なんかリアムに斬られて、それから燃えたように見えたけど」

「どうにもなっちゃいねえよ。剝がれて、元に戻っただけだ」

「剝がれる？」

依代《よりしろ》、宿主《やどぬし》。地界から逃亡した悪魔がこちらで生きていくため、人間にとり憑《つ》いていた、らしい。リアムが斬って剝がしたのはその逃亡したという悪魔で、剝がれて消滅したから、憑かれていた男は元に戻った、そういうことだ。

悪魔が憑いているあいだ、その人間はとても魅力的になり、享楽に耽る。言葉どおり人が変わったようにふるまうことがしばしばあるそうだ。

「今ごろ元の自分に戻って、なんであんなことしでかしたんだろうと首捻ってるところだろうさ」

リアムが鼻で笑って告げた。

「じゃあ、あのとき周りがぜんぜん騒いでなかったのはどうして？」

あんな光景を見たら、誰だって驚くだろう。けれど、誰一人声すらあげなかった。

「見えてねえからな。奴を見つけてすぐ、結界を張った」

リアムの持っていた剣は異界のもので、召還して摑んだ瞬間から、彼の姿が人間の目には見えなくなるのだと説明した。

「僕にはぜんぶ見えてたよ」

「おまえはそうなっちまってるからな」

「なんで！」

「さっきからそればっかりだな」

「あたりまえだよ。だってわからないことばっかりだな」

「悪魔だの異界だのって言われてもさっぱり理解できない」

とにかくオカルト的なものはすべて苦手なのだ。普通の状態ではないことだけは理解したが、さりとて悪魔だの憑かれるだのの話など、そう簡単に信じられるものか。

「言っても信じやしないっつったろう。おまえはホントに話聞いてねえな」

「聞いてる。聞いてるけどわかってないだけ」

「信じねえなら、言っても無駄だろうがな」

「無駄じゃないから話して。信じられるように、……その、努力はしてみる」

「そりゃどうも」

リアムがやれやれと嘆息した。

「おまえは、天界の阿呆が落とした魂のモトをうっかり呑みこんじまったんだよ」

「は!? 落としたって、魂のモト？ なにそれ。そんなもの呑んだおぼえもないよ」

気が抜ける。つい今しがたまで怖くて震えていたというのに、その原因が『おとしもの』。

もっと複雑で因縁めいた話をされるのかとかまえていたのに、あまりにも莫迦ばかしくて信じがたい。

嘘をつくなら、もうちょっと信憑性《しんぴょうせい》のあるものにしてくれ。倫弥は恨めしげな目をリアムに向けた。

「落としたで悪けりゃこぼした、だな。まあそんなところだ。熱だしてぶっ倒れなかったか」

「だしたよ。リアムがさげてくれた」

「そのまえだ。ありゃ原因は別にある」

大雨に降られたときのことだろうか。憶えはあって、倫弥は渋々頷いた。

「あんなモン人間に呑ませたら、同化するまでに時間がかかる。熱だしたのは身体が抵抗してたせいだ」

とり憑かれるだけなら、意識を操られるだけで身体の変化などなにもない。けれど倫弥は呑んで、体内にとりこんでしまった。人間から他の生きものへと身体が変化していく、熱をだしたのは拒否反応が起きたせいだ。

呑みこんでしまったがために、倫弥には異界のものが見えてしまうらしい。

リアムが真っ黒に見えたのも、カレンが白く見えたのも、二人の本来の姿が見えたのだという。

彼らは異界の住人で、ここでは長時間元の姿では存在しつづけられない。そのため、身体を構成する要素をすべて人間のものへと変換しているのだそうだ。つまり、今のリアムの身体は一応、倫弥たちと同じく、人間のものだ。

言葉は発したとたんに人間の言葉に置き換わっているらしい。口に翻訳機がついてるようなものだと言われても、やはり頭は理解を拒否している。

人間になる際、元の姿がここにあればこうなるという姿にしかなれないし、黒く見えたり白く見えたりするのは、それぞれが存在する世界の、「倫弥のイメージ」のせいだという。

「イメージって、でもリアムが黒く見えたときにはまだ、顔も見てなかったよ」

「あー、どう説明すりゃいいんだ、面倒くせえな」

リアムは小さく舌打ちした。

「こんな姿になっちゃいるが、根っこの部分は変わってねえ。その部分が、透けて見えてたんだろ」

ぜんぜん関係ないことが、一つわかった。リアムは特別無口なわけではないらしい。今日はいつになく多弁だが、特に無理をしている様子ではなかった。

つまりは普段、必要な話さえしないのは今言ったとおり、「面倒くさいから」というだけのようだ。

まったく。このくらい話せるならいつももう少し話してくれたっていいのに。

こっそり心中で彼へと文句をぶつける。

それでもこうして話をしているうちにおちついたようで、いつのまにか怖さが消えていた。

きっかけが「おとしもの」じゃあなあ。

これで怖がれと言われても、無理だ。

「そうだな、小夜のメシ。おまえ煮物だって言われたら冷えて辛いモン想像するか？」

「しないよ」

温かくてほんのり甘い。そして、はじめて食べるものでも祖母の料理なら絶対に美味しいはずだと確信して食べるはずだ。

「そんじゃ、煮物の味のイメージを色で表すとどうなる。見た目じゃねえからな」

妙な問いだが、一応考えてみる。見た目だと茶系だが、

「温かくて甘い、だと、オレンジとか黄色とか、かな」

「おまえの『黒』のイメージってなんだ」

「悪い。あとは夜とか、冷たいとか怖いとか乱暴とか、不安？」

「俺の中身がもし小夜の煮物だったら、おまえの目にはオレンジだの黄色だのに見えたはずだ。わかったか」

いや、リアムが煮物って。

煮込まれて丼に入れられたリアムを想像すると、あまりに不似合いで面白すぎる。

倫弥はついふきだして、リアムににじろりと睨まれた。

「笑ってる場合か。俺の中身はおまえにとって、そういうイメージのモンだってこった。悪くて夜で冷たくて怖くて乱暴、だったか？　味がわかるのは、食ってみてからだがな」

たまたま小夜が間違えて辛い煮物をつくったとしても、食べてみるまではわからない。

説明されてぼんやりと理解はしたものの、まだ完全には納得しきれない。たぶん、リアムの口から煮物などという、あまりにもちぐはぐな単語がでたせいだ。

「リアム、祖母ちゃんの煮物好きだったの」

「そりゃ今関係ねえだろ」

「ないけど、訊いてみたくて」

だって、こんなナリで実は煮物が好きでしたなんて、ちょっと可愛い。わくわくと返事を待ったが、リアムは答えずに話を戻してしまった。

「ま、あんな薄い気配にまで勘づくのは、俺が触ったせいだがな」

あの、灰色の生きもの。あれは、他の人間にはもちろん見えないし、実のところリアムでさえ、神経を集中しないと見つけにくいのだと言った。

「はい？」

「俺がおまえに触ると、アレの属性がしばらく変わる。で、同族に反応する」

ただ触るだけでも駄目だし、誰でもいいというのでもないらしいが、とにかくリアムにはそれを変化させる力がある、らしい。

逃亡した悪魔は人間にとり憑いて生息しているので、本来、人間には見えない。通りすがろうと、相手を人としか認識できないはずだった。倫弥に見えてしまうのは、倫弥が呑みこんだモノがリアムの属性に一時的な変化をし、同族を見つけやすくなる。

「属性が決まってねえってのは不安定だからな。確定させようとして薄い気配まで感知するんだよ」

説明はされたが、なにがなんだかさっぱりだ。

信じる信じない以前に、頭がオーバーヒートしかけている。情報量が多すぎて、ついていけないのだ。

悪魔だの天使だのというのは、想像上の生きものだ。それが現実に存在するなど、俄には納得などできない。とりあえず、そちらは棚あげだ。

「あの、……さ。ちなみにその、僕が呑みこんだっていうもの、だすのは無理なの。だしたら見えなくなるってことだよね」

倫弥はおそるおそる訊ねた。リアムの話がもし真実なのだとしたら、気になるのはその一点に尽きる。

見えた原因がリアムの言うとおりであろうがなかろうが、あんなもの二度と見たくない。

「そりゃできるが、だしたら死ぬぞ」

「なんで!?」

なんでもなさげに言われた言葉に、倫弥はぎょっと声を荒らげた。

死ぬって、そんな簡単に言われても。

「寿命が尽きてるからな」

「——！」

息を呑んだ倫弥に、リアムが肩を竦めた。

「もう死んでるはずなんだよ。アレを呑みこんで同化しちまってるから、今のおまえは人間と俺たちとが混じって、決まってた寿命が保留になってる」

「そん、な」

冗談にしてはたちが悪すぎる。他のなにより信じたくない。悪魔だの天使だのが実在するなんて話は所詮は他人事だが、こちらは倫弥自身に関わってくる。

とりたてて生きることに執着していない。未来への希望もかなえたい目標もない。だからたとえば病や事故に遭《あ》ったなら、しかたがないと諦めただろう。

けれど今回は別だ。生死の決定権を、存在する他の誰かに握られているなど、誰かの気まぐれ如何《いかん》で生きのびたり死んでしまったりするなど、さすがに嫌だ。

「ためしてみるか？　おまえん中からアレだしてみりゃ結果はすぐにでる」

「……だしたら死ぬんだろ」

「そう。わかりやすいだろ」

リアムはにやにやと笑っている。

こちらは死ぬか生きるかの話をしているというのに、ずいぶんと楽しげだ。

倫弥が呑みこんだ魂のモトは、さっきリアムが話したとおりに属性がなく、まだ天界のものとも地界のものとも決まっていない。触れた相手によって属性が変化するのはそのせいだ。

つまりはリアムに触られているあいだは、倫弥の属性はリアムと同じになる。そうして彼もしくは彼の仲間の手に生死の決定権が握られる、というわけだ。

そういえば、リアムははっきりと自分の属性とやらを言っていない。倫弥が見た灰色のものは悪魔で、リアムとは同族。つまり。

「ええと、待って。ということはあの、リアムって」

「悪魔だ」

「……だよね」

こればかりはあっさり納得した。本当に悪魔などというものがいるのかどうかはともかく、彼はいわゆる悪魔のイメージにぴったりだ。

ああ、そういうことか。

彼が悪魔だから、真っ黒に見えたのだ。

(ややこしいたとえ話なんてしないで、はっきりそう言ってくれればいいのに)

ふざけて彼の背に黒い羽を生やした想像をしたことはあったが、まさかあれが的を射ていたとは。

「リアムって羽とか、生えてないの」

「羽ぇ？　——ああ」

リアムはふっと口を閉ざした。そうして顔を俯《うつむ》かせる。どうしたのだろうと眺めていると、彼の肩が微かに揺れだした。

……笑ってる。

唐突に笑いだしたリアムは、ひとしきりそうしていると、ふうっと息をついて顔をあげた。やけに、すっきりした表情だ。

「どうかした？」

「おまえ、本ッ当に小夜にそっくりだ」

「はい？」

「同じこと言いやがる。もっともあっちは、俺が悪魔だって名乗ったらあっさり納得しやがったがな」

倫弥が嫌がるせいか、祖母とその手の話をした記憶はまったくない。けれどリアムに聞かされた祖母の話は、おそらく真実だろうと思う。

祖母は、そういう人だった。

「で、あるの」

「たぶんな」

「たぶんってなんだよ」

煮えきらない答えに、倫弥は眉根を寄せた。

「普通の人間には、どうやったって見えないが、まあおまえはいろいろ特殊だから見えるんじゃねえの？」

「はあ」

リアムはなにやら楽しげににやにやしている。

（あれ、でも）

リアムが触らなければあれを見ずにすむのか。訊ねると、リアムがあっさり頷いた。

（それなら――）

触られなければいいのだろう。ほっとしたのもつかのま、そうもいかないとリアムが意地悪く笑んで告げた。

「触らなきゃ俺の印が消えて属性が中立に戻るからな。どっちにしろ死ぬぞ」

「どうして」

「おまえが狩られるからだ。つっても狩るのは俺じゃねえし、おまえ自身を狩るってわけでもねえが」

倫弥が呑みこんでしまったものは、本来、ここにあってはならないものだ。それを回収するため、天界から使者がおりてきている。――それが、カレン。『かつらぎ』に通ってきているあの男だ。

ただし、リアムが触れてしばらくのあいだは属性が彼と同じになっているから、カレンや彼の仲間の天使たちが触れても回収ができない。無理にすれば、中のもの自体が息絶えて消滅してしまう。

「ついでに言うと属性変わるだけじゃなく、触るたび印つけてたからな。中身がどうだろうと、他の連中がおまえをどうこうできねえよ」

「印？」

「俺のものだって刻印だ。仕事だろうがなんだろうが、俺が俺のものに手ぇだされたら、きっちり報復はさせてもらう。所有物を壊されたら、それだけの権利はあるからな」

俺とやりあう気があるなら別だが。言って、リアムが皮肉めいて口元を歪《ゆが》める。

いつ僕がリアムの所有物になったんだと抗議をしかけ、そんな場合じゃないと思いなおした。

「話、半分くらいはよくわかってないけど、つまり僕は、リアムに触られていないかぎり、いつ死ぬかわからないってこと？」

「正解。まあ四六時中触ってる必要もねえが。だいたい三日程度は保つか」

三日に一度、リアムに触られていないと、いつ死ぬかもわからない。やたらとリアムがべたべた触っていたのはそのためだというのか。

「奴らから守ってやってたんだから感謝しろよ」

はっきり言葉にして肯定され、啞然《あぜん》とする。

「冗談じゃないよ」

「ああ、冗談じゃねえなあ」

そういう意味じゃない。わかっていて混ぜ返したリアムを睨むが、彼は毛ほども気にしていない。

生殺与奪権を、リアムに握られている。今のところ倫弥が生きながらえているのは、彼がどういう意図でか助けてくれていたからだ。

「もともと、種族の違いに関係なく狩れるのは、それが許された連中だけだ。俺もその一人だが、おまえん中からアレ抜く気は今んとこねえよ。天界の奴らの失敗なんざ、俺たちには関係ねえからな」

「そんな……だって」

倫弥は呆然と呟いた。

なにか目的があるのか単なる気まぐれなのかはわからないが、リアムが手を退けばその時点から、いつ誰に狩られるともわからない状況に陥る。

(僕は、リアムに逆らえないってこと?)

死にたくないなら、彼を怒らせないようにしろということか。絶望的な気分になってきた。

リアムはさらに笑みを深めた。

そうして、じり、とあいだを詰めてくる。すぐ目のまえに彼の端整な顔があり、倫弥はぎくりと身体を強《こわ》ばらせた。

逃れようとするけれど遅い。リアムが倫弥の肩を摑み、床のラグマットの上へとひき倒された。

仰向《あおむ》けに倒れた倫弥の上へ、リアムがのしかかってくる。

両肩の脇へ手をつき、脚を膝《ひざ》で押さえ、そうして真上から捕食者の眼差しで覗《のぞ》きこんできた。

「俺はおまえが気にいった。あの阿呆から守ってやるから、触らせな」

「なっ——」

冷たい指が、倫弥の頬をなぞった。

「さっ、触るってそれだけで充分じゃないの。なんでこんな恰好」

「今日はいつになく喋《しゃべ》らされたからな。莫迦丁寧に説明してやって、もうわかったろうが。おまえが生きてんのは誰のおかげだ？」

うん？　とリアムが返事を促す。

「そ、れは」

「忘れるな。……俺だ」

耳のすぐ傍へ唇を近づけ、ひそりと囁くように告げた。

彼の声の威力はすさまじい。倫弥はぶるっと胴震いした。

「いっ、今、ふざけてる気分じゃないよ。あんなもの見て、夢で魘《うな》されそうだっていうのに」

「だったら、夢も見ないくらい疲れさせてやる」

リアムが倫弥のセーターの裾へ手をかける。シャツやインナーごと捲《まく》りあげられ、剝《む》きだしの肌に彼の手が触れた。

「ちょ……っ、なにするんだよ」

腰のあたりを撫《な》であげられ、背筋がぞくりと慄える。

「なにって、この体勢でやることとったら一つしかねえだろ」

頭ではわかる。わかるけれど、それが自分の身に起こるなど、信じられない。

「僕はあんたと同じ、男なんだけどっ」

じたばたともがいて、どうにかリアムの下から抜けだそうとする。けれど彼は長い手脚と体重をかけしっかりと倫弥を押さえこんでいて、せいぜい右へ左へと身体を捩《よじ》るくらいしか動かせない。

「細かいことは気にすんな」

首筋に彼の唇が触れた。

（ひっ——）

濃厚な花の香りが、鼻孔いっぱいに広がる。そうしてそこからじわじわと神経を伝わり、全身に巡っていくようだ。

この匂いはなんだろう。どこかで、嗅《か》いだことがある気がする。

（百合——、かな……？）

艶めかしい大輪のあの花は、とても香りが強い。生前の祖母がよく花を飾っていたので、いくらかは憶えがある。

息を吸うたびあの香りがどんどんと身体の中へとりこまれていく。まるで甘い毒だ。痺れたように頭がくらくらして、まともにものが考えられなくなりそうだ。

どこで嗅いだのか思いだそうとするのに、リアムの唇がほんの微かに動いただけで、たちまち頭の中が散漫になる。

やや厚めで柔らかい唇が頸動脈の上を滑り、舌がちらりとそこを舐めあげた。

「気にするに決まってるだろ!?」

「俺は気にしねえんだよ。……悪いこと愉《たの》しいこと教えんのが悪魔ってモンじゃねえの？」

「リアム、人間ズレしすぎ……っ」

「そりゃどうも。まあ、しょっちゅうこっちに来てるからな。おい、そろそろおとなしくしやがれ」

倫弥がどれだけもがいても、リアムは一向に気にしていないようだった。むしろ、愉しんでいるふうにも見える。

「だ、……って、変なとこ、触るッ」

「だから触らせろっつったろうが。守ってやるんだ、それくらいの対価はもらわねえとな」

対価、って。

「死にたくなかったら、いい子でじっとしてな」

倫弥の心臓の上へ、リアムがつっと指を立てた。

「アレをとりだすのにはな、ここに剣を突くんだとよ」

まず同化したものを外さなくてはならない。剣で突いて一時的に麻痺《まひ》させ、動けなくさせる。そうして中を掻きまわして探りあてたら、切っ先に搦《から》めてひきずりだす。もちろん傷つけるわけにはいかないから慎重に。捕まえられなければ、何度でも。

「や……っ」

リアムが細かく説明してくるいちいちが、倫弥の身体を凍らせる。

「嫌だろう？　あんなもので突かれて、ぐちゃぐちゃ掻きまわされるのはな。突かれた時点でおまえは寿命が尽きてるだろうが、いっくら死んじまってるっつっても、ぞっとしねえよなあ」

「や、だっ」

言うな。だから怖い話は嫌いだと言っているのに。リアムは薄笑いを浮かべたまま、倫弥の耳朶へ唇を寄せ、ごく軽く歯をたてた。

「やあああっ」

「俺は怖いことはなんもしねえよ。そうならないように守ってやるから、その身体で愉しませろってだけだ」

おとなしくしてな。再度、言いきかせるようにリアムが囁く。聞かされた話の怖ろしさに身体が固まり、倫弥は頷くしかなかった。


セーターもシャツもインナーも、リアムの手で容赦なく剝ぎとられた。

「あ、の。……寒い、……んだけど」

本当は寒さより恥ずかしさのほうがずっと強い。海水浴にでも行けば水着一枚なのだし、服を脱ぐぐらいどうということはないはずなのに、リアムの視線に晒《さら》されるのがたまらない。

「触らなくてもいいなら、好きにしな」

リアムが言って、口の端をにいっと吊りあげた。死にたくなければという意味だとはわかっているのに、こんな状況だからつい、違う意味に聞こえる。

(触られたいわけじゃない、のに)

そうして脅されて目を瞑り、身体の力を抜こうとする自分が滑稽に思える。これではまるで、彼の手を待っているようだ。

肩口に唇が触れた。ぎくりと身体が竦みあがる。小さく跳ねた倫弥にかまわず、リアムは唇を少しずつ下へずらしていく。

押しつけ、肉の薄い肌を吸いあげ、拡げた舌の表面で撫でる。慣れない感覚をこらえていると、彼の手のひらが脇を這いおり、下腹で止まった。

過敏な部分をリアムから隠そうと身動《みじろ》ぐが許されず、手のひらが脚の中心をぴったりと包みこむ。ボトムの上からそのあたりを軽く握り、小刻みに手を動かして悪戯してくる。

「そこ、触らない……で、やっ」

願っても聞きいれてくれる男ではない。嫌だと言えば逆に力をこめられ、手のひらに揉みしだかれる。

ぐりっと擦られ、それがぴくりと震える。下着の奥に隠れた先端がむず痒さをおぼえた。

「う――っ」

妙な声がこぼれそうになり、倫弥は慌てて唇を嚙みしめた。

そこが兆しはじめたのがわかる。駄目だこらえろと必死で自分に念じても無駄で、リアムの手でそこは容赦なく追いあげられていった。

「あ、っ、……や、ぁ、……あ、あっ」

直接には触れられていない。それでもリアムの手は巧みで、痛いくらい強く弄ったかと思えばねっとりと柔らかく揉んでくる。もうしばらく自分でさえ触れていなかったそれが、弄られて熱を孕《はら》み、彼の手の下で形を変えた。

「こっちも放っておいちゃ可哀相か」

「ひ、ん」

リアムが胸を啄《ついば》んだ。唇に胸の中央を挟まれ、柔らかいそれを舌に転がされる。手のひらの悪戯はやまないまま、乳首に執拗な愛撫が施される。

くすぐったいだけだ。なにも感じない。そのはずだったのに、どうしてかリアムにされるとそんな部分までがおかしくなっていく。

唇に含まれたそこはきゅんと固く凝《こご》り、舐められれば産毛がざわめくような感覚が走る。弄られつづけたせいかやけに過敏になって、強く吸われたりごく軽く歯が掠《かす》めるだけでも痛い。そのくせ、唇が離れていくと寂しくてたまらず、触れてほしいと言わんばかりに疼《うず》いてしまう。

胸と性器とを同時に弄られて、だんだん、どこでどう感じているのかわからなくなっていく。昂《たか》ぶったものを扱《しご》かれれば脚に力が入り、注意が逸れると忘れるなというように胸が弄ばれる。

どうにか気を散らせようと思うのに、どうにもならない。呼吸すれば鼻孔を花の匂いで占領されて目眩《めまい》がした。頭が、ぼうっと霞がかっていく。

揉まれ扱かれるものは昂ぶりきって熱く、すでに先から体液を滴らせていた。弄られるたび、下着の中でぐにゅっと濡れた感触を訴える。

（もう、まずい……っ。このままじゃ）

どうにかやめてもらおうと右へ左へと身体を捻るのに、動けば動くほど、よけいにそこを彼の手へ擦りつけてしまうはめになる。強く擦られればじんと痺れて、つま先まで快感が走りぬけた。

「……このままでもいいが、どうする」

言っておくが手はとめないからな。

くくっと喉で笑いながら、リアムがひどい宣告をした。

「脱ぐか？」

このままされ続けたら、遠からずそれが爆発するのがわかる。こらえきれず服の下にこぼしてしまうくらいなら、脱いだほうがいいのだろうか。

でも。

リアムの目に晒されるのは嫌だ。彼にされて、悦《よろこ》んでいる様など絶対に見られたくない。

（どうしよう）

欲望は膨らむばかりで留まる気配すら見せない。かろうじて残っている理性が挫《くじ》けたら、そこを今すぐにでもリアムの手に擦りつけてねだってしまいそうだ。

自分でコントロールできないのが、こんなにもつらい。リアムがいなくなってくれたら、羞《は》じらいなど捨てさってこの場で自分の手で擦りたてるのに。

「好きなようにしな。……そろそろ、キツいんじゃないのか」

「ふ、ぅ……っ」

唆《そその》かすようにリアムの手で強く握られ、刺されたような鋭い快感が駆けぬける。衝撃でこぼしてしまいそうになり、倫弥は短い悲鳴をあげ、下腹に力をこめた。

「……ぐ、……っ」

「ん？」

「脱ぐ、から……っ」

手を退けて。できれば、この場からいなくなって。ささやかな願いはまたもかなえられず、ボトムはリアムの手で下着ごとひきずりおろされる。抗うまもなく太腿を摑まれ、ぐいと大きく拡げさせられた。

「ひぁっ」

開脚させられた中心には、倫弥のものが濡れひかっている。外気に晒されてぴくりと震えたそれが、温かく湿ったもので包まれた。

「――――！」

リアムの唇が、倫弥のものを銜《くわ》えこんでいた。

「や、だっ。駄目、なに、して……っ」

力の入らない腕で彼の頭を退かそうとするのに、リアムはその手を腕で弾きとばした。そうして顎の裏にそれの先端をぶつけて弄り、窄めた頬で扱いてくる。

(だめ、いや、……ああ、……でも……ッ)

悦すぎて、頭がおかしくなりそうだ。リアムの口へ放ってしまうのだけは避けたいのに、逃げたくても逃れられない。

身体が、いうことを聞いてくれなかった。

「あっ、あ、あああああっ」

背中がぞくぞくしてとまらない。

吸われると、奥に湛《たた》えた体液ごとひきずりだされるような感覚に襲われる。たまらなく気持ちよくて、がくがくと腰が揺れた。

こらえきれず、腰がうねる。唇が動くのにあわせて、ゆらゆらと揺れた。先端を舌で叩くように舐められると、全身が粟立《あわだ》つ。

(もう、……我慢、できな………ッ)

倫弥はつま先に力を入れ、どうにか散らそうと必死で足掻《あが》いた。

ふっと、唇が離れた。倫弥のものを唾液と、滴らせた体液でべっとりと濡らしたまま、彼の頭が逸れる。

ほっとしたのと同時に、まだ、とねだってしまいたくなる。口を開きかけ、倫弥はぐっとこらえた。

これで終わりかと思ったのもつかのま、けれど甘い責め苦は終わらなかった。倫弥のものから外れた唇はそのまま下へずれ、尻の狭間へとあてられる。

「やああああっ」

指が尻肉を暴く。露わにされた窄まりの縁を、舌がつついた。

「や、やだっ！　そんな、とこ、……や、あっ」

駄目だ嫌だと本気で暴れても、リアムの力は強い。彼はびくともせず倫弥の抵抗をうけ流し、そこを舌で舐めつづけた。

(変に、……なるっ)

くすぐったいし背筋がぞくぞくする。羽毛でくすぐられているような、逃げたいのにもっとして欲しいような、異様な感覚だった。

たっぷりと舐めねぶられ濡らされたそこへ、指が入ってくる。痛くはないが不快ぎりぎりで、塗りこめられた快感の中に、妙な沁みが広がった。

唇は尻の奥と性器とを交互に弄り、どちらかが少しでもおちつきそうになると丹念にねぶられる。我慢できないぎりぎりまで追いつめられ、また離れる。

倫弥はリアムの下でもがき、身体をくねらせ、腰を揺らした。

そこの力が緩まると、指がずぶずぶと入りこんでくる。内を掻きまわしてくすぐり、馴染ませて退いていく。拒否しようと力を入れるのに、窄まりの縁を舐められればどろりと蕩《とろ》けてしまう。

指の感触に内が馴染んでしまうと、どうしてかそこまでがひくつきはじめた。彼の指に弄られて悦び、うずうずするのをとめてほしくて、内襞が指に纏わりつく。

まるでそこでリアムの指を舐めしゃぶっているように動いて、もっと奥へと誘いこんだ。

奥の一点を擦られると、ずうんと腰が重くなる。弄られていない昂ぶりにまで、鈍い痺れが伝わった。

「ここか」

リアムが小さく呟いて、そこを集中的に攻めたててくる。

擦って、掻いて、指先で抉《えぐ》る。ほんの少しだけずれたところばかりを弄って、倫弥がたまらず動くのを笑って眺めた。

「……っ、う、……く……ッ、リア、ムっ」

もう嫌だ。倫弥は鼻を啜りあげて訴えた。どうしていいかわからない、どうなるのかわからない。翻弄されつづけておかしくなって、頭の中も身体もぐちゃぐちゃだ。

「も、助け……てっ」

「して、って言いな。可愛くねだったら、いいことしてやる」

倫弥はふるっと首を振った。

「できる、わけ……なっ」

「言わなきゃこのままだ。朝まで続けてみるか？　どこまで保つか愉しみだな」

「――――」

ひどい男だ。リアムの声は愉しげなのにひやりとした冷たさがあって、それがただの脅しではないと知らせてくる。

「あ、あっ」

ちゅっと音をたてて茎に口づけられ、裏側のひき攣《つ》った筋を舌で辿られればもう駄目だ。どろりと体液を滴らせ、倫弥は喘ぐように口を開いた。

「……て」

「聞こえない」

「し、て……っ。も、……ゆるし、てっ」

おねがい。なかば泣きながら声をあげると、リアムの唇が倫弥のものをすっぽりと含んだ。

「――――ゃ、あああああっ」

それがどくんと大きく脈打つ。二度三度と強く吸われ、倫弥は彼の唇へ凝りきった体液を迸《ほとばし》らせた。

さんざん追いあげられつきおとされ、リアムの唇の中で遂げさせられ、すでに息も絶えだえで、ぐったりと横たわっているしかできない。

弄りまわされた尻の奥は腫れたように火照《ほて》り、じんじんと鈍い痒みを訴えてくる。

膝の裏を掴まれ、深く折りまげられた。なんだか怖くなって、どうにか逃げようとするのに、身体は言うことをきいてくれない。

浮きあがった腰の奥を指で拡げられ、なにか熱いものがあたる。腰を退こうとするのを許されないまま、そこへ重く太いものが押しいってきた。

「…………っ」

突かれた衝撃に、ひゅっと喉が鳴る。痛みはないがとにかく重くて、圧迫感がすごい。腕をばたつかせると、その手を掴まれ、リアムの肩へと置かされる。とにかくなにかにしがみつきたくて、倫弥は促されるままリアムの首筋に縋りついた。

「裂け、ちゃ……、や、……ッ」

ぎりぎり暴かれていく狭いそこが悲鳴をあげた。

「裂けねえよ、大丈夫だから力抜いてな。さっき、気持ちよかったろうが」

「や、あ」

「指突っこまれて、腰振ってたくせに」

「ちが、……っ」

意地悪く指摘して、リアムはごく軽く倫弥の身体を揺らした。揺すられると怖くて、さらに腕だけでなく全身でリアムにしがみつく。

リアムが小さく笑って、耳元へ唇を近づけてくる。

「こんなぎっちぎちなのに、まだ締めつけてきやがる。そんなに欲しかったのか」

息がかかっただけで震えた倫弥に、彼はぼそりと淫らな言葉を囁く。言葉よりもひそめた低い声の迫力がものすごくて、倫弥は瞑っていた目をさらに強く閉じた。

(ひどい、ひどいひどい)

こんなになるなんて知らなかった。こんなの自分じゃない。それでも、リアムが言うとおりなのが悔しい。

銜えこんだリアムのものがひどく熱く、そこが火傷してしまいそうだ。

大きすぎてつらいくせに、しばらく動かないでいられると焦れったくて勝手に腰が揺れてしまう。

力をこめてしまうとそれの形をまざまざと味わわされ、慌てて緩めれば奥を突かれる。せめてもの抵抗で上半身を捻ろうとすれば肩を押さえこまれ、さんざん弄られて赤く腫れた乳首を唇に摘まれた。

「いやああ、ん、……や、あっ」

どうしていいかわからず、倫弥は嗄《か》れた喉から悲鳴をあげる。目を瞑ってもなお、リアムの強い視線を感じてしまう。

彼のうっすらと笑う顔が、強く焼きついて離れなかった。


明けがた近くなって、倫弥はようやく解放された。今度こそ、もう指一本も動かせない。汗やそれ以外のものでべたつく身体を洗いたいのに、とてもじゃないが起きあがれなかった。

リアムは呼吸するだけで精一杯の倫弥を見おろし、乱れた髪を手で梳《す》いてくる。なにが面白いのか、彼はしばらくそうして遊んでいた。

「ついでだから教えてやる」

「なに、……を？」

疲れて怠くて、おまけに眠い。今はもう、なにも考えたくない。

「おまえが見たアレな、俺でも探すのは大変なんだよ」

気配を消し人間にとり憑いたモノを見るのは、リアムでも難しい。よほど神経を集中していないと、見すごしてしまう。

だから倫弥にあれが見えるのは仕事上好都合なのだそうだ。

「ま、もののついでだ。仕事も手伝え」

どこまでも勝手なことを言って、倫弥の髪を摘み、きゅっとひっぱった。

＊　＊　＊

あの晩から三日経ったが、まだ身体中にリアムの手形がついている気がする。

「まったく」

倫弥は『かつらぎ』からの帰り、たいした距離でもないその道を、ひたすらゆっくりと歩いた。

「あー……、帰りたくない」

家へ戻れば否応なくリアムと顔をあわせるはめになる。一昨日《おととい》はまったく目をあわせられないまま、昨日はどうにかつかえず慌てず、話ができた。

今晩こそ、普通にしていないと。

倫弥が狼狽えているのを見て、二重の意味であの悪魔は面白がっている。倫弥が彼から顔を逸らすたび、にやにや笑っているのが気配でわかる。

あのあとだって、大変だったんだ。

翌朝は腰がたたないし関節という関節が軋《きし》むし、仕事に行くのもやっと、立っているのがつらかった。

よっぽど休もうかとぎりぎりまで考えた。リアムがいて、あちこちに彼の気配がある家にとどまるか疲労しきった身体をひきずって『かつらぎ』へ行くか、さんざん迷ったあげくに、倫弥は仕事へ行った。

照れくさいのと恥ずかしいのとで、一時でもいいから逃げたかった。経験がゼロとは言わないが相手は女性だったし、濃厚すぎて頭が爆発しそうになどならなかった。

どうしてこうなっちゃったんだろう。

同じ疑問ばかりがぐるぐる頭をまわっているが、答えなど簡単だ。リアムが気まぐれを起こしたから、ただその一言につきる。

倫弥のどこを見てその気になったのやら、さっぱりわからない。退屈しのぎと宣言されるのが、たぶんいちばん納得できる。

それにつきあわされ翻弄され、あまつさえあんな状態にさせられた身としては、虚しくも情けなくもあるけれど。

だいたい、悪魔に性欲があるなんて聞いてない。――いや、そもそも。

「悪魔ってなんだよ悪魔って。そんなもの、本当にいるわけないのに」

灰色の塵やなにもないところから現れた剣、そんなものを見せられたせいでひどく動揺はしたが、喉元をすぎるとやはり、なにかの間違いではないかと考えてしまう。

リアムの正体は悪魔だというが、見た目はどこも人間と変わりない。とんでもなく造作が整っているものの、特別なのはそれくらいだった。

本当に、どこもかしこも人間の身体だった。知らなくていいというか知りたくないところまで、言葉どおり身をもって知らされてしまった。

今までリアムのおかげで無事だったというなら、あんなふうに触らなくてもいい。肩を叩くだけでも充分なはずだ。

寿命が尽きたことの徴候はあったはずだと言われた。重病や事故など心あたりはないかと問われ、倫弥はすぐに思いだした。

熱をだす直前、たしかに不運続きだった、そのころだろう。

（だいたい、触らせろって言ったくせに）

触っただけじゃなかった。一晩かけてたっぷり弄りまわされ、あんなものが――。

いや待て、だから思いだすな。

頭に浮かびかけた情景を、首を振って追いはらった。

こんな夜中に、なにやってんだか。

まったく、まともじゃない。

リアムは母屋の居間にいた。

床暖房くらい入れたらいいのに、相変わらず寒い部屋に薄着のままでいる。

今晩は無地の黒いカットソーとボトム、せめてトレーナーくらい着てくれればいいのに、ひょっとしたら寒さなど感じないのだろうか。

「暖房、入れれば？」

やはりリアムから微妙に目を逸らしつつ、倫弥はリアムへ声をかけた。

「おまえは嫌いなんだろうが」

彼は大判の分厚い本を捲っていた。ちらと見えたのは外国語らしき文字だ。言葉は自動翻訳されるって言ってたけど、文字もそんなふうなのかな。だとしたらずるい。ちょっと羨ましくなる。

「喉が痛むからね。加湿器買わなきゃって思ってるんだけど、つい忘れてる。それでも、どうしても寒かったらちゃんと使うよ？」

「入れたいなら入れりゃいいだろ。それより、腹が減った」

「…………」

「天ぷら食わせろ」

「今から？」

仕事から帰ったばかりだ。毎日の習慣とはいえ、当然のように要求がでてくるとがっくりする。

おかげで、狼狽だけはとけたけれど。

「明日なにが食いたくなるかなんて考えてねえよ」

不遜《ふそん》に言いはなつと、リアムはふたたび本へと目をおとした。

これのどこが、悪魔だっていうんだか。

聞いた話はどれも荒唐無稽《こうとうむけい》すぎてしっくりこない。いっそ、リアムがあまり腕のよくない詐欺師だと言われたほうが、まだ納得できるだろう。

「この夜中に、そんな面倒なものつくれって？」

「夜中なのは俺のせいじゃねえ」

「僕は仕事から帰ったばかりで疲れてるんですけど。店へ来ればもっといいものいくらでも食べられるよ」

食材も家に置いてあるものよりずっといい、凝った料理もだせる。ついでに言えば家へ帰ってまた料理するより面倒もない。——などと言ったところでリアムが聞くはずもなく、そして倫弥はどうしてか結局、彼の言うように食事の支度をするはめになるのだ。

どうして断れないのかなあ。

一応命の恩人らしいから、というのはゼロではないが違う。状況を理解するよりまえから、食事はだしている。

世話好きなのは祖母譲りかもしれないが、こうまでとは想像もしなかった。

あれこれ要求されるのが妙にくすぐったいからだろうか。認めたくはないけれど否定もできない。

まる二年以上広いこの家で一人きりでいたせいか、誰かの気配だったり声だったりがあると不思議とおちつく。一人で、自分の空腹を満たすためだけにつくる食事より、誰かに食べさせるほうが楽しいのもたしかだ。

祖母がいたころは、二人で食事するのも家に誰かの気配があるのもあたりまえだった。キッチンに並んで立って料理を憶えさせられ、家事を手伝わされて文句を言いながらも動き、長じてからは店を手伝いもした。

肉親同士だから莫迦ばかしい喧嘩もしたけれど、それでも、あんな日常がずっと続くはずだったのだ。

（どうして、いなくなっちゃったんだろう）

順番からいって、倫弥より先に亡くなるのはわかっていた。けれど、祖母がいなくなるなど本気で考えたことなど一度もなかった。いつもこの家にいて、ずっと二人で暮らしていくものだと、思いこんでいたのだ。

病で倒れてから亡くなるまでそれほど長くなく、覚悟などできていなかった。急にいなくなってしまったから、喪失感は二年をかけてじわじわとしかし根深く倫弥に沁みわたっていったのだ。

たとえば朝、寝惚けていてつい祖母を探してしまったり、話しかけようとして、もういないのを思いだしたり。

広すぎる家は、リアムが来て以来、慌ただしい活気をとり戻した。祖母がいたころより、むしろ騒がしさは増した気がする。

倫弥は忙しく手を動かし、天ぷらの支度をする。

「油の後始末は面倒なんだとか、知るわけないよなあ」

人参と牛蒡《ごぼう》のささがきでかき揚げをつくり、明日の晩用だった海老《えび》に店から持って帰ってきたあまりもののイカとマグロ、茄子《なす》や馬鈴薯、玉葱《たまねぎ》を適当な大きさに切って衣をつける。

せっかく天ぷらにするなら、キノコ買っておいたのにな。

「肉はないけどいいの」

「いい」

リアムが家にいるあいだ野菜料理ばかりだしてベジタリアンにしてやろうか。つい、どうでもいい復讐方法を思いつく。けれど問題は倫弥もそれにつきあわされることで、残念ながら肉も魚もまだ食べたかった。

衣をつけた具を油の中へ落としこんでいくと、背後でリアムがそろりと動いたのがわかった。とたんに背中が緊張する。

悪戯されるまえに、と、倫弥は菜箸を持ったままふり返った。

「揚げものしてるときは触らないように。大火傷もしたくないし、火事もだしたくないんです」

「わかったよ」

菜箸の先を突きつけると、リアムがふざけてぱっと両手のひらを見せる。

あてになるか。

背後を警戒しつつ、それでも絶妙な揚げ具合でとりあげ、油を切った。

「熱いから気をつけて。……って、悪魔って火傷とかするの」

「この身体は人間のモノだからな、するんじゃないのか」

「ふーん」

相変わらず、どうなっているのかさっぱりわからない。

「おまえは食わないのか」

「僕はお茶漬けだけで充分。店でちょっと食べたし」

「それもくれ」

「まだ食べるの⁉」

たしかにがっしりとした体軀だが、いったいどこにそんな食欲があるのだか。

真夜中にテーブルを挟んで暢気な夕食。なんとも平和な光景で、死ぬだの生きるだの悪魔だのという話など、どこか別の世界に思えてしまう。

「しっかり食って体力つけておけ」

「もう夜中だよ。あとは寝るだけなのに、体力つけてどうするんです」

「これから運動するだろうが」

「………」

だから、これのどこが「悪魔」なのだ。

倫弥の中の悪魔のイメージといえば、せいぜい物語の中のそれだけで、間違っても夜中にお茶漬けをかきこむようなものではなかった。

――そういえば。

「あのさ、リアムってずっとこっちにいるわけじゃないんだよね」

彼を泊めてやれと頼んだ祖母もリアム自身も、永遠にここで暮らすなどとは言っていない。リアムがいなくなったら、倫弥はすぐにカレンに狙われるのではなかったか。それとも、カレンもリアムとともに帰るのだろうか。

「ああ。仕事がすんだら帰る」

「だよね」

延びた寿命の日数は、リアムの仕事の捗《はかど》り具合によるらしい。いずれにしろ、リアム次第ということか。

「俺が飽きて帰るって言わねえように、しっかり頑張れよ」

倫弥の心中を見透かしたように、リアムが言った。

なにをどう「頑張る」のかなど、訊ねるまでもなくわかる。反論したくても言葉が思いつかず、倫弥は長々と嘆息した。

＊　＊　＊

乾いた音をたててドアが開いた。『かつらぎ』に入ってきたのはカレンだ。

「こんばんは」

いらっしゃいませと声をかけるのが一瞬遅れ、カレンに先を越されてしまう。

「寒いですね」

代わりにあたりさわりのない話をして、カウンター席の端へ腰をおろすカレンへ笑んでみせた。

(しっかりしないと)

ここではなにも起きない。そもそも、ここでなくともカレンは倫弥《りんや》になにもできない。今のところは。

「厚着していても凍えそうですよ」

「寒いのには強いんですけど、さすがにそろそろ暖房入れないと厳しそうです」

「え？　ここ、暖かいですが」

「家ですよ。ここを暖房抜きにしたら、誰も来てくれなくなっちゃいます」

「それもそうだ」

カレンが目を細めて笑った。

彼には猛々《たけだけ》しい気配などまるでない。こうして話していると、彼に狙われているなどやっぱり悪い冗談としか考えられなかった。

（なんで緊張しちゃうかな）

あくまでリアムの話によればだが、リアムが倫弥に触れているかぎり、カレンは倫弥になにもできない。

わかっているのに、彼を見るたび緊張する。警戒して、身体が強《こわ》ばった。

（だいたい、あれぜんぶが本当だとはかぎらないんだ）

リアムが悪魔でカレンが天使で、倫弥が呑まされた『魂のモト』。

どれも信じがたい。そもそもオカルト話は苦手だが、これはオカルトというよりもはやお伽噺《とぎばなし》だ。聞かされても耳を塞《ふさ》ぐより笑いとばすか呆《あき》れるかしかできない。

あんなものさえ見なければ、だけれど。

まったく、なんでこんなことに。空だかその上だか亜空間だか、とにかくそこにいるそそれている。

つかしい誰かがよけいなものを落としてくれたおかげで、倫弥はしなくていい緊張を強《し》いら

（でも、それがなかったら死んでたんだっけ）

寿命が尽きてますなんて言われても、反応に困る。現実にこうして生きているから、実感がなかった。

リアムと会う直前、何度か死にかけている。そのときならばもう少し真剣に受けとって、ぞっとしていたかもしれない。

仕事を終え家へ戻ると、母屋《おもや》に明かりはなかった。風呂を沸かし食事の支度をして、いつものように離れでリアムを呼ぶ。

離れの部屋は素《そ》っ気《け》なく、必要最小限の家具だけが置かれている。布団は相変わらず初日に倫弥が渡したもののままだ。身の周りにはこだわらないのだろう。洋服も適当に買っているようだ。

でも、こういうことは自分でするんだよな。

リアムが一人で買いものしている姿など、想像すると可笑《おか》しい。

「風呂、沸かしたよ。それと今日、またあの人が『かつらぎ』に来てた」

「なにもなかったろうが」

「なかった。でもまえは、近づくなとかなんとか言ってなかった？」

「言ったな」

「今はいいの？」

「よくはねえが、まあ平気だろう。おまえも警戒するだろうから、暢気《のんき》に声かけられて奴のところへついていったりもしないだろうしな」

「それは、……まあ」

事実か否かはともかく、狙われていると言われて、ついていったりしない。

「俺の印が消えるまで監禁されりゃ、おしまいだからな」

「言われなくてもわかってるってば」

カレンが現れたのは、リアムよりまえだ。彼はどうしてこの家を訪ねてこなかったんだろう。リアムのようにいきなり現れていれば、もっと彼の仕事は簡単だったはずだ。

そうされていたら今ごろ、倫弥は息をしていないのだけれど。

祖母が倫弥に遺言していたなど、二人は知らない。それに、リアムはともかくカレンは、『かつらぎ』へ顔をだしたとき、すでに祖母が亡くなったのを知っていた。

リアムほど図々しくなくて、いきなり現れて泊めろなんて言えなかったのかもしれない。

人間以外の生きものでも遠慮なんてするのかどうかわからない。そもそも彼らには、倫弥たち人間と同じ意味での感情は、あるのだろうか。

本気で怒ったり喜んだり、心の底から悲しんだりつらくなったり。

誰かを、好きになったり。

（そういえば、祖母《ばあ》ちゃんとはどういうつきあいだったんだろう）

リアムは三度会った、と言っていた。二人とも祖母の料理を食べていたようだし、リアムは倫弥の中身が祖母にそっくりだとも言っていた。ただ会っただけだとは考えられない。

祖母はリアムやカレンと会って、話して、彼らの存在に驚いたり呆れたりしたのだろうか。倫弥とは違って、祖母は妙なものを呑まされたわけではないのだし、まさかあの灰色の塵《ちり》を見させられてはいまい。

どうしてこの二人だけが、祖母の特別だったのだろう。彼らの正体を知っていたのだろうか。

考えはじめると、疑問は次々にわいてくる。

（まさかと思うけど、リアムに誘惑されたり――とか、なかったよな）

ない、と思いたい。これはかなり切実に真剣に願いたい。祖母と同じ男と身体《からだ》を交えるなど、想像するだにぞっとしない。

「ねえ、リアム」

着替えを掴《つか》み立ちあがったリアムへ、倫弥は場所を空《あ》けつつ話しかけた。

「祖母ちゃんと、その。……したの？」

リアムが片眉《かたまゆ》を器用にあげてみせる。よけいな質問をしたと後悔してももう遅く、リアムはにやりと笑ってみせた。

「訊《き》きたいなら話してやるが」

「いい、いらない」

聞かなければ事実にはならない。疑いつつも、なにもないのだと思いこんでいられる。

「遠慮するな」

「してない」

ばっと耳を塞ぐと、リアムが声をあげて笑った。

「小夜《さよ》には手ぇだしてねえよ。ああ見えて堅い女だったしな」

堅くなければだしたのか、とは訊きたいが訊けない。逆に言えば、倫弥は堅くなかったから手をだしたのか。

（そりゃ、必死に抵抗したわけじゃないけど）

できなかったのだ。リアムの気配にあてられ見つめられ、あの花のような匂いを感じたらもう駄目だった。

どうせ僕は堅くなかったよ。拗《す》ねて言いかえしてもよかったが、祖母とはなにもなかったと否定されて嬉《うれ》しいのだから複雑だ。

「ふうん。美人だったのに」

とりあえず、口先では平気そうに言ってみた。どうせ動揺などバレているのだろうが、虚勢くらいは張っていたい。

「ああ。ガキのころから綺麗《きれい》なオンナだった」

「そんなに古くから知ってるの⁉」

「古いかどうかは知らんが、そうだな。はじめて会ったのはまだ、小夜があの男と会うまえだ」

男、というのは祖父のことだろうか。言葉が足りないのはいつもと同じだ。

「リアムって、歳《とし》とらないの」

「ここで、この身体でずっといりゃ相応に歳くうんじゃないのか。それほど長居したこともないから知らん」

「じゃあ、向こうでは？」

信じてないけど。こっそり言い訳じみた一言を心中でつけ加えつつ訊《たず》ねると、どうだかなと返された。

「教える気はないんだ？」

「おまえが信用する気になったら話してやる」

「半分くらいは信じてるよ」

悪魔だ天使だはともかく、常識では判断できない事態に陥っているのは、なんとなく信じられた。

そういえばあの灰色の塵に覆われていた男は、とり憑《つ》かれているあいだ、意識はあったんだろうか。それとも、まったく無自覚だったんだろうか。

とり憑かれているというのが真実なら、いったいどういう状態なのだろう。

今、倫弥の中には、リアムによれば異形のモノが存在しているらしい。それも倫弥と同化してしまっているという話だ。倫弥自身がいずれ、それに意識を支配されたりはしないのだろうか。

（うわ、考えたくない）

塵に覆われたあんな姿になどなりたくないし、自分が自分でなくなるなど嫌だ。

けれど、あれは悪魔にとり憑かれた人間で、倫弥の場合はどちらでもないはずだ。

――あれ？　でも。

倫弥の脳裏に、さらに疑問がよぎる。

「なに百面相してやがる」

「なんでもない。あのさ、リアム。触ったら属性が変わるって言ったよね」

「ああ」

「たとえばだけど、それってリアムが触ったあとにカレンに触られたらどうなるの」

「別にどうもならん」

「どういうこと？」

また説明させる気か。うんざりした顔で、それでもリアムは口を開いた。

「そうだな。免疫と似たようなモンだと思え。俺が触って免疫があるあいだは、奴が触ろうがなにしようが別になんともねえし、アレをひっぱりだすことも無理。効果が切れたタイミングで触られりゃ属性があっちのものに変わって、奴が好きにできるってわけだ」

「ねえ、だったら。最初にあの人とあったとき、なんで僕は熱だしたの。あれって偶然じゃないだろ？　リアムに触られてもなんともないのに」

違う意味で熱はあがるが、それは触りかたの問題であって、触られただけで熱をだすのとは違う。

「あの野郎は触っただけじゃねえんだろ。たぶんだが、奴はおまえが本当にアレを呑みこんだのかどうか探ろうとしたんだ。で、身体ん中ひっ掻《か》きまわされて暴れた」

「そっか。だったらどうしてあのとき、触っただけだったんだろう。その、ひっぱりだそうと思ったら、できたんだろ？」

カレンとの初対面は、まだリアムと会うまえだ。もちろんリアムに触られてなどいない。

「まあな。でもそりゃ無理だ」

「なんで」

「おまえはどうしてだのなんでだのが多いんだよ」

「わからないんだから、しかたないだろ」

悪魔だの天使だののことなど、調べようがない。どこかで文献があるなら別だが、フィクションや言いつたえ以外の正しい情報など、どこに書かれているのか、まずそれを訊ねたいほどだ。

「あいつは小夜と約束してたんだ」

「約束……？」

面倒くさかったのか他に理由があるのか、リアムは小さく舌打ちした。

リアムによると、本来、カレンは倫弥を見守るはずだった。祖母に「倫弥を守ってやってくれ」と頼まれていた。亡くなるまでの祖母と倫弥とがろくに風邪もひかなかったのはそのためだ。

「おまえが魂のモトを呑みこんじまったせいで、約束を破るはめになったってわけだ。あれを回収するのが、あいつの役目だからな」

回収すれば倫弥の寿命が尽きる。祖母との約束と仕事との板挟みになった。カレンが手をだしあぐねていたのはそのせいだろう、とリアムは言った。

（そうか。じゃあ、あの人が家に来なかったのは約束を破ったせいだったんだ）

罪悪感があったのかもしれない。見た目と話した会話での推測だけだが、リアムよりは真面目《じめ》で律儀そうに見える。

ただしその分、回収の仕事とやらを真面目に遂行されるのだとしたら、倫弥にはありがたくない推察だった。

「なんで僕だったんだよ」

そんなものを呑みこんだせいで、面倒に巻きこまれている。呑んでいなければ死んでいたと言われても実感はなく、あとの面倒のほうへ意識がいきがちだ。

「匂いにつられたんだろ」

倫弥がこぼしたのはただの愚痴で、まさか応えが返ってくるとは思わなかった。リアムの言葉に驚いて目を瞠《みは》る。

「匂いってなに？」

リアムはすっと肩を竦めた。

「おまえはもともと人間じゃねえからな」

「は!?」

もう一生分は驚いたのに、またとんでもない話が飛びだしてきた。

正確には、人間と恋におちてそのまま居着いた天族が、倫弥の数代まえにいる、らしい。もうだいぶ薄くなったが種族の名残《なごり》はまだあって、祖母や倫弥の容姿が整っているのも、やたらと人を惹《ひ》きつけるのもそのためだとリアムが告げた。

「おまえは特殊だったろう。おかげで、最初に触ったときに手こずった」

もともと天族の末裔だけに、中のものの属性がなかなか変わらなかったのだそうだ。あのとき喉を押したのも、そもそも手こずると知っていたので、いちばん弱い部分を狙ったのだという。

「祖母ちゃんはともかく、僕は特にそんなことないよ」

始終人に囲まれていた祖母と、いつも一人でいる倫弥とは違う。学校ではそれなりに友人もいたが、彼らとも進路が分かれてからはそれきりだ。

「店は繁盛してるだろう」

「そこそこ、だけど」

それは、祖母の味を懐かしむ常連客が残っているからだ。

「そりゃおまえも小夜も、派手にやろうって気がないからだ」

今晩のリアムは多弁だ。それとも、この手の話に関してだけは、面倒くさくても説明してくれようという気になったのだろうか。

「もともとの資質を利用するかしないかは、そいつの勝手だろ。小夜はああいう女だったから、誰彼なく愛想ふりまいて無駄に親切にしてた。おまえも中身はそっくりだ」

「そうかな」

「自分じゃわからねえんだろ。おまえのほうが無自覚で無防備だがな」

小夜はてめえのツラくらい自覚して、充分威力はわきまえてたぞ。リアムがつけ加えたのに、倫弥は顔を顰《しか》めた。

「男がこんな顔してたって、いいことなんてたいしてないよ」

「どうだかな」

リアムが鼻で笑った。そうして、口元を意地悪くにいっと吊りあげる。

「さんざん喋《しゃべ》らされた分の礼は、このあと期待していいんだよな？」

こうくるか。

まあ、リアムに無償の親切なんてナマケモノの全力疾走くらいあり得ないけれど。

他にも風呂入れたり食事つくったりしてるんだけどなあ。

そちらは、礼にはならないらしい。

リアムがすっと倫弥のまえへ移動し、肩を摑んだ。

「ちょっ――」

抗議も逃げる余裕も与えられず、唇が奪われた。

キスすればおとなしくなると思ってるだろ⁉

塞がれた唇の代わりに心の中で叫びじたばたともがくが、抵抗はなんなく押さえこまれた。

せめてもと睨みつけてみても、薄笑いが返ってくるだけだ。

力ずくでこられたらまったくかなわない。ほとんどおとなと子どもだ。リアムはたいして力など入れていないようなのに、倫弥がいくら身を捩ろうと腕を突いて離そうとしてもびくともしない。

「往生際が悪ぃな」

「あたりまえだろっ」

唇が離れて、リアムが言った。この機に彼から逃れようとしたが無駄で、伸びてきた腕にすぐ捕まってひき戻されてしまう。

「毎回、そう嫌がってるようにも見えないんだがな」

「……っ」

カアッと顔が火照《ほて》った。

指摘されるまでもない。結局はいつもリアムの腕に溺れさせられる。わかっているからこそ嫌で、そうなる自分が情けなくて足掻《あが》いているのに、この男ときたらいちばん言われたくない言葉を正確に告げてきた。

「ふ、ん……っ、むぅ」

隙《すき》を見せたらおしまいだ。開きかけた倫弥の唇を、リアムのそれがふたたび覆う。丸ごと呑みこみでもするように塞いで、口腔に舌を滑らせてきた。

（――だめ、なのに）

キスされると気持ちよくて、身体がぐにゃりと芯を失う。

そろそろ、リアムの体温を憶えはじめている。抱きすくめられてあの花の匂いを感じればあとは、憶えたての快楽に夢中になるばかりだ。

柔らかく弾力のある唇が倫弥のそれを啄《ついば》み、包む。ふざけて歯をたてて、怯えれば舌で宥められた。じわじわと熱があがっていくのがわかる。

（なんで、こんな）

倫弥のささやかな恋愛経験はいつも穏やかで、こんなふうに翻弄されたり、怒鳴ったり腹をたてたり、溺れたりもしなかった。

（違う、のに）

これは恋などではない。リアムにとっては触るついでの手慰みで、倫弥のそれも身体の欲求にすぎないはずだ。

けれど――。

「……ぁ、……ん、んっ」

リアムの手が背中を這う。捲《まく》りあげられたシャツの裾から侵入され、肌を撫でられて、倫弥の身体はリアムへとしなだれかかった。

おずおずと腕をあげる。手のひらを彼の広い肩に載せ、ぎゅっと摑んだ。

今一つどころかまるきり信じがたい、という人間外の生きものについては、その後すぐに、さんざん見せられるはめになった。

＊　＊　＊

クリスマス、そして年末の気配が濃い街中を、リアムのあとについてぶらつく。目的はリアムの『仕事』のつきあいだ。

この日も食事中、唐突に出かけるぞと宣言されたのだが、倫弥に反論の権利はないらしい。

『そうか。だったら触らなくてもいいんだな』

一応、寒そうだから嫌だとは言ってみたのだ。けれどリアムに意地悪く笑いながら言われ、言葉を詰まらされた。

保湿素材のインナーの上にタートルネックのカットソー、さらにセーターを重ね着した上にいつぞやの外出で買ったコートを着こんだ。

ごくたまにしか使わないシープスキンの手袋は、数年まえのクリスマスに祖母から贈られたものだ。

「寒いのに、よく長時間歩く気になるよね」

「たいして寒くもねえよ」

つきあわされた倫弥がなにをさせられるかと言えば、車の運転にただひたすらうろうろするだけ。あてもなく、いるかもわからない灰色の塵を探して、周囲を見まわしつづけるばかりだ。

貴重な休日をこんなことで無駄にしたくないが、守ってやってるんだからそれくらい手伝えと言われれば嫌とも言えない。

（まったく、強引なんだよ）

本当に守られているのだかどうだか、カレンは店には来るがたわいない話を交わす程度だし、彼からは変わらず敵意などまったく感じない。

そもそも、二人とも人間にしか見えないから、悪魔だの天使だのと言われてもぴんとこないのだ。

別段リアムが異を唱えないので、倫弥は倫弥で買いものの用事もすませることにした。先だってと同じように食材や衣類、雑貨を眺め、気にいったものを買う。手が塞がってくると、リアムが黙ったまま倫弥の手から荷物を奪った。

「リアムって寒さ感じないの」

「そこそこは」

倫弥も寒さには強いが、リアムとは比べものにならない。

「その服、冬ものだよね？」

黒いシャツにぴったりしたボトム、トレンチを着ているがジャケットはなし。襟元のボタンを二つ外しているのが、ますます寒そうだ。

「さあな。適当にあるもの買った」

この時期に春ものはないだろう。——たぶん。

「興味ないの」

「着れりゃどうでもいい」

そうか、リアムは大柄だし手脚が長い。既製服では着られるサイズがかぎられるのだろう。

「洗濯とかどうしてるの」

「クリーニング。捨ててたら小夜に怒鳴られた。で、自分で洗うのが面倒くせえなら店に頼めとさ」

何年まえだか知らないが、そのころに会った祖母の言葉を、律儀に守っているらしい。ますます悪魔っぽくなくなってきた。

「リアムって、祖母ちゃん好きだったの」

「またその話か?」

「だって、会ったのってだいぶまえじゃない」

少なくとも倫弥が中学にあがって以降ではないはずだ。そのころには下宿を閉めていたし、リアムほど目立つ姿が家の中にあればはっきり憶えていたはずだ。

「だいぶまえ、かどうかは知らねえよ」

倫弥はいいようにふりまわすくせに、祖母の言いつけはちゃんと守っている。

案外、祖母ちゃんのまえでは態度も違ったのかな。それとも一緒だったけど、祖母ちゃんがかまわなかっただけ？

あのなりで祖母に怒鳴られている場面など、面白すぎる。祖母はあの年代の女性にしては大柄ではあったが、それでも倫弥より十センチは背が低く細かった。

「女性には甘いとか」

「ああ？　男だろうが女だろうが一緒だろ」

「だいぶ違うと思うけど」

「形が違うだけだろ」

リアムはあっさりと言った。そんな簡単なものでもないだろう。ぜんぜん違うよともう一度言いかけたが、考えてみたら彼は自称異種族だ。人間と人間外の差異に比べれば、男女差など些細《ささい》なのかもしれない。

それにしても暇だ。ただ歩くだけではつまらなくて、たわいもない話を思いつくままに口にする。リアム自身も退屈なのか、億劫そうにだが返事はくれた。

倫弥はいわばレーダーの代わりだ。灰色の塵を見つけたらすぐにリアムへ伝えろというのが彼の指示だ。リアム自身にももちろん見えるはずだが、集中しながらあてどなく歩くなど、「かったるくてやってられない」のだそうだ。

見つかるかどうかはわからない。逃亡者たちがどこへ散ったのか、漠然とした情報しかないらしい。リアムが歩いている場所は、その情報と、いるような気がするという彼の勘で決めている。

そろそろ脚が疲れた。少し休みたい。どこか座れるところはないか眺めていると、目の端を影が横切った。

「あっ――」

背筋がぞっとする。倫弥が短い声をあげたとたん、リアムが走りだした。

苦手な超常現象を否応なく見せつけられる。異様な姿にぞっとさせられ、耳に残る悲鳴を聞かされた。歩きまわった脚もだが、なにより精神的にもひどく疲れる。

少し休みたいと告げると、リアムが承知した。座れさえすればどこでもよかったので、手近にあったカフェへと入った。

「逃亡者って、いっぱい来てるの」

甘いものが欲しくなったのは、疲れているからだ。ふだんはめったに飲まないココアを頼み、運ばれてきたそれにそっと口をつけた。

「今回は特殊だ。集団脱走があってな」

おかげで忙しくなって迷惑だ、と、リアムは嫌そうに顔を顰めた。

「脱走？」

「ああ。あっちもこっちも莫迦《ばか》ばっかりだ。とんでもないもの落とす奴もいるし、牢獄の番しながら居眠りしやがる奴もいる」

リアムはなんでもなさそうに告げた。

「それよりおまえが一人のときにあいつらを見かけたら、なにもしないで逃げろ」

「わかってるよ。僕一人じゃなにもできないし」

まさかリアムの真似事《まねごと》など、間違ってもしようとは思わない。けれどリアムは、そうではないと言う。

「奴らを見つけられるのはおまえだけだ。向こうも、見られたってのはすぐにわかる。こういう話は広がるのも早くてな。俺がいればいいが、いなけりゃ襲われる可能性もある」

「脅さないでよ」

あんなものを見せられるだけで、もう充分だ。これ以上怖がらせないでほしい。

「脅してねえ」

事実ならもっと勘弁だ。倫弥は深々とため息をついた。天使だの悪魔だの逃亡犯だのだなんて悪い冗談かお伽噺だと信じたいが、こうまで見せつけられれば疑いつづけるのも難しい。

どうにか気力をふり絞り、リアムを乗せて家へ戻った。靴を脱いだとたん、安心したせいか気が抜け、疲労感が全身に巡った。

特に酷使した脚はぱんぱんに張っていて重い。

「夕飯、しばらくあとでいい？」

「いつでもかまわん」

よろよろしながらどうにか居間に辿りついた。コートも服も、適当に脱ぎちらかす。なにか温かいものでも飲みたいが、しばらくは動く気力が戻ってこない。

倫弥はどさりとソファに座りこんだ。もうここから一歩たりとも動きたくない。トイレすら面倒だという状態だ。

店では立ちどおしだし、体力にはそれなりに自信はあったが、あてもなく歩きまわるというのはずいぶんと疲れるらしい。

おまけに、あんなものをまた見たせいだ。

倫弥とは対照的に、リアムはまったくいつもと変わらない。化けものじみた体力だと呆れてみて、それから、相手は人間ではないのだとどうでもいいようなことを考えた。

どうやら、頭が空転しているらしい。

「脚だせ」

「は？」

いいから脚をだせとリアムに再度言われ、倫弥は首を傾《かし》げつつ、座ったまま床に脚を投げだした。

リアムは座る倫弥の手前で床に膝《ひざ》をつき、投げだした倫弥の脚を摑んだ。

「なに!?」

「いいからじっとしてろ」

じっとしてろと言われても。なにをされるやら不安でしかたない。びくびくしながら見ていると、リアムは足先からゆっくりマッサージをはじめた。

「少し痛いぞ」

「わかって……、って、痛ッ」

「この程度でわめくな」

絶妙な力加減で足から踵《かかと》、踝《くるぶし》、脹《ふく》ら脛《はぎ》をマッサージされる。

荷物を持ってくれるのもだが、唐突に親切にされるとどう反応していいやら困る。

いつも偉そうに人を顎で使うリアムが膝立ちになり、丹念にマッサージを施してくれているという光景は妙にむず痒《がゆ》い。

「どこで覚えたの、これ」

「小夜に教わった」

「そっか、祖母ちゃんか」

おおかた、かったるいだの疲れただのと言ったリアムの脚を摑んで、有無を言わさずマッサージを施したのに違いない。そしてついでに「自分でできるように覚えろ」だとか指示したのだろう。

リアムの「怠《だる》い」とか面倒くさいと同義語で、身体の疲労ではないだろうに、祖母は真面目に受けとったのか、知っていて気づかぬふりをしたのか。

(祖母ちゃんなら、わかってたかな)

自称悪魔に対して、クリーニングだのマッサージだの、またずいぶんと所帯じみた作業を教えたものだ。それを、きっと盛大に文句を言いながらでも受けいれるリアムも可笑しい。

仲よさそうだな。すごく、楽しそうだ。

その光景を見てみたかったたし、羨《うらや》ましくも感じた。

「んっ」

リアムの親指が脹ら脛をぐいと押した。

やや痛いのは変わらないが、それでも心地いい。だんだん眠くなってくるのはどうしてだろう。

「寝てろ」

「でも」

マッサージさせておいて眠りこむというのは、さすがにひどいんじゃないのか。倫弥がどうにか目を開けていようと思うのに、リアムは軽く笑った。いつもの呆れたような、意地悪な笑いかたではなくて、つい笑ってしまった、そんな雰囲気だ。まるで毒気を感じなくて、少しばかり驚いた。

「なに気にしてやがる」

そんな不意打ちの柔らかい表情をするからだ。リアムが優しくて、ただでさえ疲れていた心や身体にじんと響いてしまう。

「寝ちゃったら悪いよ」

とくとくと早鐘を打つ心臓から意識をそらしたくて、倫弥はぎゅっと拳を握った。

「んなもん気にするか」

リアムのことだ、気にくわなければたたき起こしでもするか、頭をはたいてやめてしまうかどちらかだろう。倫弥がうとうとしかけてもそのまま続けているから、気にしないというのは本当だろうとはわかる。

けれど、ならば寝られるかというと、それはまた別の問題だ。どうも、一方的に奉仕されるというのは苦手だった。

「まだ暖房も入れてないし、着替えてない」

「寒けりゃ適当にやっておく。着替えなんざあとでいいだろ」

倫弥はしばらく眠気と戦っていたが、心地よすぎて抗《あらが》いがたい。眠っちまえ、というリアムの声が聞こえたか聞こえないかのうちに、倫弥はすうっと意識を手放していた。

＊　　＊　　＊

日曜日の外出で、行く場所はいつもそれほど遠方ではなかった。せいぜい倫弥が車で動ける範囲内だ。

またあれを見るはめになるのかと思うと、出かけるのも億劫だ。それでも嫌とは言えず、倫弥はリアムを乗せて車を走らせた。

クリスマス、今年は飾りつけどうしようかな。

街中の賑《にぎ》わいを眺めるにつけ、迷う。祖母がしていた習慣をそのまま継いで、玄関にリースを飾り柊《ひいらぎ》の鉢を置き、居間にごく小さいツリーを置いてモールを巻いた。

あれって一応、宗教行事だしなあ。

倫弥自身に特別な宗教はない。けれど悪魔とされているリアムには、神の生誕を祝う行事はまずいかもしれない。それとも、人間の宗教など気にしないだろうか。

(どうしよう)

倫弥はちらりとリアムの横顔を見た。

「なんだ」

「うん。……あの、いつも僕が運転してるけど、リアム運転できないの」

クリスマスの話題を、もしリアムが毛嫌いしていたらどうしよう。怒らせたくなくて、言いだしにくい。倫弥はとっさに思いついた話題へとすり替えた。

「あ？　できるぞ」

「だったら、代わらない？」

「阿呆か。免許がねえよ」

そうだった。つい忘れてしまうが、彼は人間ではないのだ。あくまで彼の言葉を信用するなら、だけれど。

車で動く場合は適当な場所に駐車してぐるっと一周、また車で別の場所へ移動と、なかなか面倒だ。そこらに停めておけなどというリアムの言葉に従っていたら、駐車禁止の切符だけで、あっというまに点数がなくなりそうだ。

面倒くさいと文句を言うリアムを黙殺して、倫弥はようやく見つけたコインパーキングの空きに駐車させ、真冬の街中へでた。

「ところで、リアムが悪魔でカレンが天使ってことは、神様とかホントにいるの」

「さあな」

やや遠まわしに訊ねてみれば、リアムの答えは煮えきらない。

「さあなってなんだよ」

「俺には関係ねえ。こっちも向こうも、とりあえずあれこれ決めんのは『委員会』の連中だ」

とりあえず、神様が敵ってわけじゃないのか。この分ならクリスマスの飾りも大丈夫かもしれない。祖母が楽しんでいた習慣だから、できれば続けていきたかった。

「委員会？」

どうもこう、単語のイメージが学校のようだ。身近すぎてしっくりこない。

「なに妙な顔してやがる」

「だって天使とか悪魔とかお伽噺みたいなのに、いきなり委員会ってすごい具体的すぎて」

「おまえの想像なんざ知るか。どうせまともに信じちゃいないんだろうが」

「ぜんぶ嘘《うそ》だと思ってるわけじゃないよ。半信半疑っていうかまあ、……お話としては面白いかな」

倫弥が言うと、リアムが不機嫌そうに鼻を鳴らした。

「もう一つ訊いていい？　その集団逃亡した悪魔って、このあたりで集中的に潜伏してるの」

「いや」

「だったら、近場ばっかりなのはどうして？」

「俺の担当がこのあたりだってそれだけだ。エリア出てまで追っかけんのなんざかったるいだろうが」

リアムの他にも逃亡者を狩るために数名が来ていて、それぞれ領域がきまっているらしい。

「広さってどれくらいなの。区内全域とか」

「日本」

「はい？」

「俺の担当はこの国」

「全部⁉」

「それがどうかしたか」

どうかしたか、って。

広すぎる。せいぜい区内程度だと思っていた。都全域にしたって広いだろうに、日本まるごとをリアムだけでカバーするなど、気が遠くなるほど広い。

「そのわりに、たいして遠出してないけど」

「いちいち遠く行くの面倒だろうが。おまえ、遠距離の運転できるのか」

「って、僕が運転するの⁉ なんでっ」

「俺に電車だ飛行機だを使えってのか」

公共交通機関のどこが悪い。使えばいいだろうと思う。リアムにそのまま告げると、毎度の「面倒くせえ」が返ってきた。

「瞬間移動とか空を飛んだりとかしないの」

「阿呆か。この身体は人間のモンだっつったろうが。おまえできんのか」

「できないけど。リアム、悪魔だっていうからできるのかなー……なんて。ほら、元の姿に戻ってみるとか」

「そうそう都合よくぽんぽん変えられるもんじゃねえんだよ」

リアムが言って、さも呆れたような目で倫弥を見据えた。

それにしても、彼が来た当初はこれほど忙しくなかったようなのに、このところほぼ毎週日曜ごとに出かけている。今までは倫弥がいないあいだに仕事をしていたのか、それとも急に多忙になったのだろうか。

「最近、毎週出てるけどなにかあったの」

まさか営業職でもあるまいし、年末が迫ってノルマ達成が厳しいというのでもあるまい。訊いてみれば、くだんの集団脱走が原因らしい。

「連中が集団で飛んできたのがこのあたりだからな。姿隠すなら最初に着いた場所でとっと人間にとり憑くのが得策だ」

状況的にこの一帯に潜んでいるのは間違いなく、わざわざ遠方へ出向く必要もないらしい。

「狩るのが役目だが、ノルマがあるわけでもないんでな。目のとどかない場所にいる奴らなんざ知ったことか」

「ふうん」

「ま、週イチで狩りなんざ、めったにやらねえが今回は特別だ」

そこでいったん口を閉ざし、リアムはいつもの意地悪い笑みを浮かべた。

「おまえがいるから便利なんでな。俺だけじゃ、いちいち探しまわるのも面倒くせえ」

「…………」

魔族が入りこんだあたりには、ある程度の気配はある、らしい。けれど問題はそのあと、しらみつぶしに場所を巡っていくなど面倒で、とてもじゃないがやっていられないのだと、リアムは平然と言いきった。

「それがリアムの仕事じゃないの」

「だから、ノルマはねえっつったろ」

リアムの声がほんのわずかだけ苦く聞こえた。

ひょっとしたら、本当はこの仕事、やりたくないのか。

やる気がなさそうなのはただ面倒だからだろうと思っていたのだけれど、それ以外に理由があるのかもしれない。

「リアムって、これ好きじゃないんだ？」

リアムからの答えはなかった。踏みこみすぎたか、別の話題に変えるべきかと探していると、彼が低い声で呟《つぶや》くように言った。

「誰が好きこのんで同族狩りなんざするか」

淡々とした口ぶりが、却《かえ》ってせつなく響く。

痛みだとか疲弊だとか、リアムがそんな感情を表すことなどなくて、だからこそひどく意外だ。

つらかったから、仕事の直後あんな表情になっていたりしたのかな。

以前、倫弥がまだ同行しなかったころのリアムは、外出から戻ってくるたび、やたらとぴりぴりした気配を漂わせていた。今も、仕事の直後はいつもより声をかけづらい。あれは、つらさの発露だったのだろうか。

やはり踏みこみすぎたらしい。謝らなくては。

「あ——」

口を開きかけた倫弥を封じるように、タイミングよくリアムがふり返った。

「ま、連中とやりあうのは嫌いじゃないがな」

リアムが不敵に笑った。

これがただの散歩だったらいいのに。あてもなくぶらつくのも、気晴らしの外出なら悪くない。

「よく毎回、買うもの見つけられるな」

「来る場所が違うだろ。知らない店がたくさんあって楽しいよ」

半分は本音、もう半分は楽しみくらい見つけないと、気持ちがまいってしまうのだ。

行き先は賑わう街中だけとはかぎらない。休日の閑散としたオフィス街だったり、川縁《かわべり》の空き地だったりもする。そんなときは他にさしたる楽しみもなくて、ひたすら寒いし疲れるし、いつあれが現れるかと怖いだけだ。

ぐるりとまわって見つけられなければ車で移動して、またリアムに指示された場所で停め、ひたすら歩く。

二度移動して、そろそろ陽《ひ》が沈みかけたころ。倫弥の目に、それが映った。見つけたくなくて、できるだけぼんやり歩く。それでも、まともに探してもいないのに、やはり見つけてしまうのだ。

「――！」

いた。倫弥はひゅっと喉《のど》を鳴らした。まえを歩くリアムの気配が変わる。視界がぼやけ、音が消えた。

くっきりと目に映るのはリアムと灰色の塵を纏《まと》った男だけ。倫弥を残して走りだしたリアムは、一瞬で男の至近距離へと移動した。

リアムの横顔は険しい。眼差《まなざ》しは獰猛《どうもう》に光り、口元には物騒な笑みを浮かべている。

「諦《あきら》めろ」

リアムが男に向けて言った。男がなにごとか返したようだが、言葉は聞きとれない。男が飛びかかっていく。リアムが一歩後退《あとずさ》る。体勢を変えたリアムは腕をふりあげる。ぎらりと輝いた剣が、灰色の塵をなぎ払った。

「――――！」

潰《つぶ》れた悲鳴まで、前回と同じだった。耳にこびりつきそうな嫌な音だ。心臓が縮みあがる。

リアムが戻ってくる。嫌なものを見せられたが、とにかくこれで終わりだ。

「これで帰るんだよね」

獰猛な気配を纏うリアムに、おそるおそる声をかける。彼は無言で倫弥を一瞥《いちべつ》しただけで、背を向けて歩きはじめた。

この日は、一度で終わらなかった。探しているつもりもないのに、二度、三度と見つけてしまう。黙っていようか迷うのに、倫弥が見つければリアムも気づき、狩っていく。

剣をふるうリアムの眼差しはどこまでも冷徹で猛々しく、これがあの、家でごろごろしている男と同じなのだとは思えない。

三度目は、あちらの抵抗も激しかった。武器は持っていなかったが殴りかかり蹴りかかり、リアムに剣を使う隙を与えない。

見つめているしかできない倫弥のまえで、逃亡犯がリアムの顔めがけて脚を跳ねあげた。リアムが仰《の》け反って避ける。体勢が崩れたところへ今度は脚払いをかけられるが、軽くジャンプして逃げ、そのまま高く脚を跳ねあげて灰色の男を倒す。

地面に倒れた男へ、剣をぐさりと突きたてる。

惨《むご》たらしい光景に、倫弥は顔を背ける。そうして、絶叫が響きわたった。

「これで終わりだ。帰るぞ」

「……………ん」

どうしてこんなものを見なくてはならないんだろう。倫弥がいてもいなくても、手助けになるわけでもない。センサー代わりにはなるかもしれないが、それだってリアム一人でどうとでもなる。

とり憑かれた男は、悪魔さえ剝《は》がしてしまえば問題はない。むしろ自分の意志で動けるようになる。だから、悪いことではないのだ。

頭では理解したものの、見ていて気持ちのいい光景ではない。血が流れないのがせめてもの慰めだが、その分、断末魔の絶叫はいつまでも耳に残った。

二度も三度も見せられ、すっかり神経がまいっていた。一分でも早く帰りたいのとどこかで休んでいきたいのと半々で、どうしようか迷う。

足元の道路から這《は》いあがってくる冷気が、さらに身体を凍えさせる。

「おい」

「……ん？」

ぼんやりしていると、リアムが声をかけてきた。

「腹が減った。なにか食って帰る」

「あ、……ああ、うん。そうだね」

家に着いてまた風呂だの食事の支度だのをする気力など残っていない。

「なに食べたい？　このあたりは店なさそうだから、駅のあたりまで移動しないと」

「食えりゃなんでもいい」

「わかった」

車を停めた場所までまたしばらく歩いた。冬の夕刻、空気は乾いてきんと冷えきっている。無言のまま歩いていると、ろくでもないことばかり考え、さっき見たばかりの光景が何度もよみがえってくる。

「ねえ、リアム」

「なんだ」

まえを歩くリアムに声をかけたものの、次の言葉が見つからない。

「どうして捕まったり逃げたりするの」

頭に浮かんだ疑問を口にしてみたが、これではさっきの光景は消えてくれない。自分でわざわざ傷口を暴きたてるようなものだ。

「そりゃ、あっちにも一応秩序はあるからな。好き放題やっちゃいるが、委員会の連中がつくりやがった決まりを破りゃ罰は受ける。おまえらも同じだろうが」

「そうだね」

話をはじめてしまったからには、やっぱりいいとも言えなかった。そうしてリアムは、こんなときにかぎって、というよりおそらくあちらの事情に関しては、きちんと説明してくれる。

「俺たちはお堅い連中と違って、勝手にやりたいようにすごしてる。どこにでも度がすぎるってのはあるもんだろ」

やりすぎてとっ捕まる阿呆もいれば、でるのを待ちきれなくて逃亡する奴もいる。リアムは呆れたような口振りで言った。

「やるならバレないようにしろってんだ。おかげでこっちが忙しい」

「リアムらしいね」

規則を破ったことより、逃亡犯がでて仕事が増えるのが面倒くさいようだ。

もともと、やりたいことをやりたいようにするのがリアムたち悪魔の本質、規則で縛るなど無駄なのだと、リアムが笑った。

やりたいように、か。まったくリアムらしい話だ。

(それでも、たぶん)

唐突に空腹を言いだしたのは、疲れていた倫弥に気づいたからだろう。確証はないが、そんな気がした。

「いつまで、こっちにいるの」

「さあな、仕事が終わるまでだ。すぐ終わるのか当分かかるのかもわかんねえよ」

「ふうん」

ノルマはないと言っていたが、逃亡者をすべて見つけるとか、特定の誰かを捕らえるだとか、決まりがあるのかもしれない。

すぐ終わったら、いなくなるのか。

いなくなったらもう、二度と会うことはないのだろう。なにせ、リアムは人間ですらない。

(そうか。でもリアムがいなくなったら、どっちにしろ僕も長くないんだっけ)

彼のいなくなったあとのことなど、どうでもいいように思えてくる。これから毎週、あんなものを見せられるなど憂鬱《ゆううつ》でたまらない。

今晩は悪い夢を見そうだ。絶対、魘《うな》される。

駐車場へ行く途中、幹線道路にぶつかると、リアムがその場で立ちどまった。

「どうしたの」

「車は明日とりにくりゃいいだろ。場所は俺が憶えてる」

「リアム、電車とか嫌いなんじゃないの」

「車なら他にもあるだろ」

ああ、タクシーか。

「そんなに疲れた顔してるかな」

リアムに気づかれるほど、表情にだしてしまったのだろうか。そもそも、気づいていたとしても彼がこんなことを言いだすのが不思議だ。

「そんなツラで運転されて、事故なんざごめんだからな」

ああ、そうか。リアムの今の身体は、まるきり人間のものだ。ひょっとしたらこの身体が傷つくと、他の人間と同じように倒れたり死んだりするのかもしれない。

（でも、違うよな）

たぶん、気遣われた。倫弥に運転させたくなかったのは、事故が怖いのではなく心情を慮《おもんぱか》ったせいだ。

どうせそのうち、本来の居場所へ帰るくせに。倫弥のまえからいなくなるくせに、気遣いなんてしなくていい。

（いなくなったら、僕は終わりなんだろ？）

どうしてだろう。彼がいなくなると考えたとたん、ひどくつらかった。胸が、まるで刺されたように痛い。

（こんなときばっかり、優しくするからだ）

いつも偉そうで勝手にしているのに、気遣われたりしたら、まるでリアムが倫弥をそここそ大事に扱っているように思えてしまう。

空はじわじわと暗く翳《かげ》る。タクシーを探す倫弥とリアムの身体を、風が強く、冷たく吹きつけていった。

＊　＊　＊

仕事をしているうちは、よけいなことを考えずにいられた。いつものように馴染みの客と話し、たわいないことで笑って、祖母の味にはまだまだと裁定をくだされる。

『かつらぎ』の周囲もクリスマスムードが漂い、賑やかに浮かれて見えた。

「今年ももうリース飾ったのか？　こっちの飾りつけはまだみたいだけど」

馴染み客に問われ、倫弥は曖昧《あいまい》に笑んだ。

「なんだか慌ただしくて、まだだしてないんですよ。店の飾りだけでも用意しなきゃなりませんね」

実際にはもう準備はできている。しまっておいた棚からだしてきたものの、飾りつける気分にはなれなくて放っておいてある。

「倫君にはめずらしいな。去年は小夜さんがしたとおり、きっちりやってたろ」

「なるべく、そのままにしておきたくて」

ここは祖母が祖父と会った場所だそうだ。その話はくり返し聞かされた。祖父が持っていた店の一つで、他界した際に祖母へと譲られた。古くなって内装や水まわりには手を入れたものの、基本的にはそのまま残してある。

「ホントに小夜さんが好きだよな。ま、俺たちもだけど」

「ずっと祖母と二人きりでしたからね。ときどき、子ども同士みたいな喧嘩もしましたけど」

「ああ、そういうところあったな」

そこが可愛かった。古馴染みの客が懐かしげに目を細めた。

相変わらずリアムは『かつらぎ』に足を運ばない。ここは変わらずに倫弥の日常のままだ。ドアが開いて、カレンが顔をだす。

（リアムはいないけど、この人がいたっけ）

変わらなかったものは、どうやらここにもないらしい。

カレンはカウンターに腰かけ、メニューに目をおとした。はじめて現れたあと頻繁に訪れるようになったので、数人の馴染み客とも雑談を交わすようになっていた。

眺めていると、際だった容姿以外、どこにでもいそうな客の一人にしか見えない。酒を呑んでも深酔いすることはなく行儀がいい。

「年末もこちらですごされるんですか」

「ええ、当分は」

倫弥は彼に訊ね、予想どおりの答えを聞いた。

（当然か）

リアムがいなくなるか倫弥に触れなくならないかぎり、彼の仕事は終わらない。彼はずっと、そのときを待って『かつらぎ』へ通ってきている。

「年越しはどうなさるんですか」

「僕ですか？　三十日までは店を開けているので、大晦日《おおみそか》は毎年、朝から大掃除です。掃除しているうちに年が明けちゃうんですよね」

「それは大変そうだ。一度だけ、年末近くにお邪魔したことがありましてね。そのまま家へお邪魔して、たしかお蕎麦《そば》食べさせていただきましたよ」

「祖母は、そういう風習が好きでしたので。巻きこんでしまってすみません」

「いいえ。いい思い出です」

この人はいつも、祖母の話になると表情が和らぐ。おそらく、祖母を懐かしむ気持ちだけは本当なのだろう。

こうして祖母の話を聞かせてもらえるのは嬉しい。できれば、ずっと聞いていたいとさえ思う。

（この人が、ただのお客さんだったらよかったのに）

彼は倫弥を殺《あや》めるためにここにいる。目的はあれの回収だが、同じことだ。こうして『かつらぎ』へ現れるのも、リアムが触れていないか、機会を探っているのだろう。

リアムから聞かされた話を理解してはいるが、どうしても嫌いになれなかった。頭のどこかで、本当だろうかと疑ってさえいる。ただリアムが脅しているだけなのではないかと、そこまで勘ぐってしまうのだ。

ただ倫弥に仕事を手伝わせたいがための方便なのではないのか。倫弥がおかしなものを呑みこんだというのが事実だとしても、寿命が尽きているだとか、そんな話まではどうにも信じられない。

（だって、あれも冗談だって言ってたし）

はじめてリアムに抱かれた夜、さんざん脅されたあの話は、あとで嘘だと聞かされた。倫弥が往生際悪く暴れたから、ちょっと脅すつもりで言ってみただけだ、と。

いっそ彼が灰色の塵のような姿ならば怖《おそ》れられたのに、彼は本当にただ綺麗な男性にしか見えず、気配はとても凜《りん》としている。

足繁く通うのには他に理由があるのではないのか。もしくは、あれをとりだしたとしても死ぬことはないのではないか。

つい、そんなふうに考えてしまいがちだった。

＊　＊　＊

日曜の朝は憂鬱だ。ぐっすり眠ったはずなのに、起きたばかりですでに怠い。原因は簡単だ。出かけたくない、それだけ。まるで幼稚園や学校へ行きたがらない子どもみたいだ。

しかも折悪《あ》しく曇天で、今にも雨が降りだしそうな気配を漂わせている。家の中もいつになく冷えていて、廊下を歩くとぶるっと身体が震えた。

（あんまり、雨にはいい印象ないんだけどな）

外出の日の雨など喜ぶ輩《やから》も少ないだろうが、加えて倫弥の場合、雨というとつい、あの高熱を思いだしてしまう。

あれが、すべてのはじまりだった。

身体をとりまく倦怠感は消えないまま、のろのろと朝食の支度をする。この冬いちばんだという寒さが、沈んだ気分をさらに下降させた。

食事の支度ができあがり呼びに行くよりまえに、リアムが顔をだした。早い時間に起きていたのか、こちらは倫弥とは対照的にすっきりした姿だ。

Vネックのセーターに細身のボトム、色はどちらも黒。セーターはラメ入りなのか、照明にあたるときらきら光った。

「どうしていつも黒なの」

「あ?」

「服。黒い服多いよね」

指摘すると、リアムはさっと自分の姿を見おろした。

「夜うろつくのに目立たねえだろ」

「最近、あんまり夜は出ないよね」

「おまえが、夜じゃ見えにくい」

「はい?」

倫弥があの、ほぼ黒に近い塵を見つけるのに夜では見づらくて不便、彼が最近夜に外出しないのはそれだけの理由だった。

「リアムは平気なの？」

「見てるわけじゃねえ、気配で探ってる」

そういうことか。

朝食は残りものを放りこんだスパニッシュオムレツだったが、火を通しすぎたかいつもよりやや固い。ぼんやりしていると、つまらない失敗をする。味つけはちゃんとできているのがせめてもの救いだ。

「ごめん。失敗した」

「食えりゃいい」

リアムは気にいらなければ食べない。とうとう残されるかと覚悟したが、皿のオムレツは綺麗になくなった。腹が減っていたのか、味つけが変わらなかったからかわからないが、こんな気分の上に食事を残されるとがっくりくるので、ともかくもほっとする。

ほっとして、それから莫迦げているなと思う。よほど不味《まず》いものをつくったのでなければ、残されたら次からつくらなければいい。彼に食事を提供するのは義務ではない。

なんとなくはじめて、習慣化してしまっただけだ。

今晩からつくらないと宣言したら、リアムはどう反応するだろう。

（ああ、よくないな）

こんな気分のときは、なににつけ悪いほうへとばかり考える。普段なら気にもしない行動や言葉がいちいちひっかかるし、つまらないことで苛《いら》ついてしまう。

「片づけたら行くぞ」

食後のコーヒーを飲みおえ、リアムが当然のように言った。

「今日も、僕がいかなきゃ駄目？」

「さっさとしろ」

倫弥は行くのをやめようかと迷った。風邪をひきかけているとか『かつらぎ』で雑用を片づけなくてはならないとか、そろそろ家の掃除がだとか、理由ならいくらでも思いつく。けれどどれも空々しい気がして、口にだせなかった。

「リアム、一人で行かない？」

「嫌だね。かったるい仕事なんざさっさと終わらせる。ほら支度しろ」

仕事が終われば彼は帰る。ならば倫弥が手伝うのは、わざわざ自分の寿命を縮めているだけだ。

莫迦ばかしい。リアムの仕事が長びけば、それだけ倫弥は今の生活を続けていけるのに。ただし、それで彼の機嫌を損ねたらそれまでだ。

寿命が尽きているなどという話は、正直まだ信じきってはいない。今も普通に生活しているし、そもそも直接手をくだすはずのカレンからは、負の感情をまったく感じられないからだ。

倫弥にとって現実でいちばんの脅威は、あの光景を見せられることだ。

「なにしてる？　今日は遠い、早めに出ねえと帰りが面倒だろ」

倫弥は片づけおえたキッチンで動かずにいた。痺《しび》れをきらしたのか、リアムが大股で近づいてくる。

「具合悪いならそう言え」

リアムは眉根を寄せ、倫弥の頬《ほお》を包んだ。それから首筋、うなじとなにかをたしかめるふうに手をすべらせる。

この大きい手のひらに、そういえば首を摑まれた。リアムは首の付け根を押しただけだと反論して、実際そうだったのだろうけれど、あのときはひどく息苦しかったし首を絞められたのかと思った。

あれからまだたいして経《た》っていないのに、もうずいぶん以前のようだ。

「こっちは別になんともねえな。だとしたら、風邪でもひいたか」

こっち、というのは倫弥と同化したというアレのことだろう。

「平気、なんでもない。待ってて、今支度するよ」

行きたくない。それでも行かないと言いはる気力もわかない。揉《も》めてさらに疲弊するより、おとなしく同行して早く終わらせて帰ろう。

倫弥は肩をおとしたまま、身支度をすませた。

今回の行き先は都内の中心地、古くからある街だ。繁華街ではなく問屋や中小の企業が固まっている地域で、日曜日のせいかひどく静かだ。

空はますます暗く、空気は湿った匂いがする。雨がふりだすまでさほどの時間はないだろう。

この寒いのに雨までふられるのは嫌だな。

早くすませたいと、倫弥はひたすらあたりを見まわした。

動きだした当初はそれなりに真面目に周囲を見まわして探しているものの、集中力などそれほど長くは保《も》たない。時間が経つにつれだんだんぼんやりとしてきて、目に入ってきた光景を機械的に確認するだけになってくる。

「おい、真面目に探せよ」

リアムに声をかけられるものの、そう言ったリアムも暢気にしている。これは本来倫弥の『仕事』ではなくて、あくまで手伝っているだけだ。

なんで僕ばっかり真剣にならなきゃならないんだよ。

逃亡犯とやらが捕まろうと逃げきろうと、倫弥には関係ない。それにリアムの仕事がすべて完了してしまったら、その時点で倫弥は終わりだ。

「僕の仕事じゃないよ」

「おまえが襲われる可能性もあるっつったろうが」

「今のところ、なにもないけど？　っていうかなんで僕が襲われるんだよ」

倫弥は彼らを見つけたところで狩れる能力もないし、そもそもそんなつもりもない。襲ったところで意味などないはずだ。

むくれて言いかえすと、リアムが長々と嘆息した。

「おまえは奴らを見つけられるだろうが」

「だからって――」

「せっかく隠れてるってのに、俺たちにもなかなか見つけられないような連中を探しだせるってのは、とんでもねえ能力だろ」

「探知機でもつくればいいじゃない」

「できるならとっくにやってる」

科学力については、極端に発達してもいないようだ。天使だ悪魔だというなら、そのほうが雰囲気にはあう。

「テレビとかラジオとか、そういうのは？」

「ねえよ」

番組という概念自体がないらしい。だから当然、それを放送する媒体もない。電気とかガスとか、そういうのもないのかな。

中世かそれ以前くらいの暮らしだろうか。リアムはこちらでの生活に不便も混乱も感じていないようだし、ひょっとしたら違う形で発達しているのかもしれない。

自分と関係ない、フィクションとしてなら興味はある。狩りだの寿命だのの話さえなかったら、空想世界のものがたりとして楽しめただろう。

「ねえ、天使もたまに逃亡するって言ってたよね。それって、リアムが狩るの。それともやっぱり向こう？」

「奴らに同族狩りできるような根性あるわけねえだろ」

「ふうん、そうなんだ」

リアムはさも莫迦にしたような口ぶりだった。

「そういえば、リアムとカレンってどうなってるの」

「どうってなにが」

「なんか、リアムは嫌いっぽいけど向こうはそれほど嫌ってるとか、そういう雰囲気じゃなかったし」

「気にくわねえ、それだけだ」

リアムはふんと鼻を鳴らした。

「おまえはもともとあっちの属性だからな。気配があうんだろうさ」

「属性って、どっちでもないって言ってなかったっけ」

「アレじゃねえよ。おまえ本来の話だ」

そういえば、以前リアムに倫弥の何代かまえに天使がいたとは聞いた。けれどそればかりは心底信じがたい。

（異種族で子どもつくるって可能なの？　ああ、でもこっちにいるあいだは身体は人間なんだっけ）

そうなると、もし、万一、この身体のまま刺されたり斬られたりしたら、やっぱりリアムも死んでしまうんだろうか。

「行ったり来たりって大変なの」

「おい今日はやけに質問が多いな」

「……だって暇なんだ」

黙って歩いていると、よけいなことばかり考えてしまう。話していれば気が逸《そ》らせる。

夏の湿気は全身をぴったりと覆って不快で、呼吸をつまらせる。けれど冬のそれは覆うのではなく肌を通りぬけ芯を凍えさせ、容赦なく体温を奪った。

空はますます暗く、鈍色《にびいろ》の雲がすぐ近くまでおりてきているように見える。

これはいつ降りだしてもおかしくない。

「なあ、雨降りそうだから今日は早めに切りあげよう。駄目かな」

「わかった」

断られるかと思ったが、リアムはあっさり承知した。さすがのリアムも、雨に降られて濡れるのは嫌いなのだろう。

「風邪でもひかせて倒れられちゃ仕事がすすまねえからな」

「そりゃどうも。でも僕はめったに倒れたりしなかったけどね」

リアムたちと会う直前、どうやら呑みこんだ妙なもののせいで高熱をだしたのが、ずいぶんと久しぶりだったのだ。

「そりゃカレンが手だししてたせいだっつったろ。あいつが庇《かば》ってたから、小夜もおまえも丈夫でいられたはずだ」

「そうだっけ」

では、そのカレンが倫弥と敵対している今、以前のように濡れても平気、ということにはならないのか。

「そんなことしてもいいんだ？」

「奴らは阿呆みたいに律儀だからな、小夜に世話になった礼はきっちり返すだろうよ」

「ふうん」

だらだらと話をしながら、あてどなく歩いていく。

ぽつん、と雨粒を感じて顔をあげた。空から細い糸のように水滴がおちてくる。舗装された道路の上に、黒い染みがいくつも浮かんだ。それらはたちまち広がり、やがて水たまりのようになっていく。

「降ってきたっ」

倫弥は慌ててあたりを見まわし、どこか待避できる場所を探した。近くは人気《ひとけ》もなく寂しく、時間を潰せるような店は見あたらない。せめて商業ビルなら雨宿りもできそうだが、会社ではそうもいかない。

暗さと激しい雨に視界を遮られ、すぐまえにいるリアムについていくのが精一杯だ。彼はどこへ行こうとしているのか、雨の中を急ぎ足で進んでいく。

ほとんど走るようについていくと、前方のビルから影がでてきた。

『おまえか』

声が聞こえるほど近くはない。怒鳴ったような様子もない。けれど、どうしてか耳にはっきりととどいた。

今のは、なに。

呆然《ぼうぜん》と立ちつくした倫弥は、そのせいで反応が遅れる。気がつけば目のまえにその男がいた。

グレーの塵が眼前に広がっている。

（しまった――ッ）

心臓を鷲掴《わしづか》みされたようだ。胸にものすごい痛みが走り、どくんと跳ねあがったのがわかる。動けない。身体が言うことをきいてくれない。

（嫌だ嫌だ嫌だ嫌だ）

声もだせない。荒い呼吸をくり返すだけで精一杯だ。

リアムがなにか叫んだ気がした。男の手が振りあげられるのが見える。動けずにいる倫弥をなにかが突きとばし、道路に投げだされる。

ばしゃんと水音がした。倒れこんだ身体が道路を浸す雨に濡れる。叩きつけられた肘《ひじ》や脚、腰に痛みが走る。

（どうして。なんで）

見開いた眼差しの先で、リアムが剣を翳《かざ》したのが見えた。カランと音がして、足元になにかが転がってくる。

二つ折りの、刃の長いナイフだった。

「ひっ」

倫弥は短い悲鳴をあげた。

転んでずぶ濡れになったまま、腰で数歩後退る。それが精一杯、逃げるどころか立ちあがれもせず、水たまりと降りつづく雨が体温を奪い、身体を凍えさせていく。

雨音が消えた。蹴り、殴り、ぶつかりあう鈍い音だけが耳につく。目を閉じたくても閉じられず、耳を塞ぎたくても塞げない。

「――!」

気味の悪い絶叫が長く響きわたった。同時に、すさまじい勢いで炎が噴きあがる。雨にもかまわず燃えさかる炎はあざやかで禍々《まがまが》しい。ゆっくり、リアムがふり返った。

炎に照らしだされた彼の横顔は、まるで知らない誰かのようだった。

音が戻ってくる。煩《うるさ》いほどの雨の音が聞こえたとたん、強ばり固まりきっていた全身が力を失う。

リアムが大股で転んだままの倫弥の元へ近づいてきた。ぐいと腕をひかれる。

「だから、ぼーっとすんなっつったろうが!」

怒りを露《あら》わにした眼差しで睨《にら》まれ、耳が潰れそうなほどの大声で怒鳴られた。

まだ震えは治まらない。けれど、頭ごなしに怒鳴りつけられて、反発心が爆発した。

そんなに、怒らなくてもいいじゃないか。

カッと頭に血がのぼった。

好きでついてきたわけじゃない。来たくなんてなかった。有無を言わさず連れられ、運転させられて挙げ句に怒られるなんて、ひどい。

あんなもの、見たくなかったのに。

ぼうっとしていて気づくのが遅れたのだって、そうそう集中力など続かない。まして見たくもないものを、集中して探せなんて無理だ。

怖かった。襲われて、動きたくても動けなかった。声すらまともにでなかった。そもそも連れてこられなければ、こんな目には遭《あ》わずにすんだ。

(僕がこんなことする理由なんてない)

便利な運転手兼探知機代わりに使われているだけなのに、危ない目に遭わされた上、どうして怒鳴られなければならない……?

「僕、は」

「さっさと立て。ったく」

「僕は、好きこのんでこんなことしてるんじゃない」

立たせようとしたリアムの腕を払いのけ、倫弥はきっと顔をあげた。よろつく脚にどうにか力を入れて立ちあがる。

雨はいっそう激しくなっていた。濡れそぼった前髪が額に張りつき雫《しずく》を滴《したた》らせ、話すたび口の中にまで雨が流れこんでくる。

「ただ、リアムにつきあってただけだ。そっちの事情もなにもかもぜんぜん知らないし、これがどれだけ大事な仕事なのかもわかってないけど」

リアムは眉間《みけん》に皺《しわ》を寄せ、目を眇《すが》めた。冷たく、けれど怒りをたたえた表情で倫弥を睨む。

いつもなら臆してしまうだろうけれど、今はなにも感じない。

ただ、腹がたった。あちこちが痛いしずぶ濡れの身体は冷えてまともに動かせもしない。危うく大怪我をするか、下手《へた》をすれば死んでいたその怖さが、感情を麻痺《まひ》させる。

こんなところへ連れてきたリアムへの怒りだけが、倫弥の中に渦巻いていた。

「関係ないんだ。なんでこんな目に遭う⁉ ぼーっとしてて、なにが悪いんだよっ。しかたないだろ？ どうして襲われるかだって、納得なんかできてないんだ」

一気に吐きだし、倫弥はさらに口を開いた。

「もう、手伝わない。こんなの、二度とごめんだっ。僕はこんな目に遭うために、あんたを家に泊まらせてるわけじゃない……！」

「――そうか」

「そうだよ！ それが気にいらないならもう放っておいてよ。僕はとにかく、もうたくさんだっ」

元の生活を返して。喘《あえ》ぐように言いきると、つかのま沈黙が続いた。

そうして、リアムが倫弥に背を向ける。

「好きにしろ」

一言だけ残して、彼はどこへともなく去っていく。

降りしきる雨が、たちまち倫弥の視界から彼を消しさった。

＊　＊　＊

ずぶ濡れで戻ったその晩から、倫弥はひどい熱をだして寝込んだ。あれほど寒い中、濡れたままでいたのだからあたりまえだ。正直、どうやって戻ってきたのかも憶えていない。

夜中に魘されて目を覚まし、汗にぐっしょりと濡れた寝間着を着替える。高熱でふらつく身体で壁伝いに歩き、キッチンで水を入れて戻ってくる。

病院へ行きたくても、家の中を移動するのさえつらかった。

（こんなときに、いないんだからな）

家にいたはずの男の姿が今はない。一人きり、動けないままだ。朦朧《もうろう》とするうち、何度も視線で男の姿を探した。そうしてそのたび、ああ、もう彼はいないのだと覚《さと》る。

ここにいたって、なにかしてくれるわけじゃなさそうだけれど。

たとえリアムがいたとしても、彼が看病してくれるとは考えづらい。却って腹が減っただのなんだのと、用事を言いつけられかねない。

（普通の風邪まではさすがのリアムも治せないだろうし、治してもらったらまたそれで、なにかしろって言ってくるかな）

あのとき熱をさげてもらえたのは、それが病気由来ではなかったからだ。いっときとはいえ、リアムを指圧の施術師だと勘違いしたのが可笑しい。彼の正体は悪魔で、医者や治療とはほとんど正反対だろう。

それに、彼はもういない。倫弥自身が、放っておいてと言ったのだ。自分で追いだすようなことを言っておいて、今さらだ。

祖母ちゃん、なんでいなくなっちゃったんだろう。

弱っているときに一人はつらい。せめて誰かの気配があれば、それだけで安心できるのに。目を瞑《つぶ》ると、もうここにない手のひらの感触を追う。髪を撫《な》で、肩や腕に触れてくるその手のひらは大きくて、祖母のものではなかった。

(違う、のに)

祖母の姿を追おうとしているのに、どうして。

リアムが来て、まだ二カ月も経っていないのに、いつのまにこれほど馴染んでしまっていたのだろう。同じ敷地にいても一日のうちで顔をあわせている時間だって、それほど長くなかった。

倫弥の日常では――というよりたいていの人間の日常では縁がないとんでもない経験をさせられたせいで、印象が強いのかもしれない。

近くにいると、すぐわかったしなあ。

リアムは長身だったが動作自体はほとんど音をたてなかった。外見のイメージから意外なほど静かに動いたし、しなやかに動いた。彼がそこにいるとわかるのは、力強い、圧倒されるほどの存在感を放っていたせいだ。どうしてか目を向けずにはいられない、黙って座っているだけでも、常にその場の中心は彼にあった。

一度たりとも暴力などふるわれなかったのに、どうしてか抗いがたい男だった。

(いろんな意味で、強烈だったなー……)

けれど、もうここにはいない。そして、きっと二度と会うことはない。

『好きにしろ』

静かで感情の失《う》せたリアムの声が、耳によみがえる。それが最後の言葉だった。

顔を枕に押しつけ、固く目を瞑る。あの濃厚な花の香りをどこともなく感じた。こんなものの幻想まで抱《いだ》くとは、自分の莫迦さ加減に呆れはてる。熱に浮かされているせいで、同じような状態になる、あの最中とだぶらせているらしい。

このベッドで何度もリアムの腕に抱かれたが、朝まで一緒に眠ったことは一度もない。いつも必ず、彼は夜明けまえに離れへと戻っていた。

ベッドから抜けだした彼の残り香にくるまれて何度も眠っていたから、記憶が勝手によみがえってきたのだろう。

存在まるごとを揺さぶるような体験だった。鮮烈すぎて、細胞にまで刻みこまれてしまったのかもしれない。

（早く、忘れないと）

元の生活に戻したい。のんびりと穏やかな日々が、きっと自分には似合っている。もういないリアムをいつまでも追いもとめてしまうほど、彼に囚《とら》われたままでは駄目だ。どうせ、いつかはこんな日がくるはずだったのだ。それが今だろうと一年後だろうと同じ。むしろ馴染みすぎてしまわずにすんでよかったのだ。

家の中は寒く、とても静かだった。

たて続けの二度の熱が病気のせいでないなら、今回の発熱は十数年ぶりということになる。風邪などろくにひかなかったので忘れていたが、高熱をだすと三日やそこらでは回復しないものらしい。

五日間も寝こみ、熱がさがってからもしばらくは体力が戻らず咳《せき》や喉の痛み、怠さが残った。飲食店の店主が病人では話にならない。もう大丈夫だろうと思えるまで、十日以上かかった。

ようやく普通の生活ができる体調をとり戻し、倫弥は久しぶりに朝早い時間から起きだし、たまりにたまった雑用を片づけはじめた。

窓の外を眺めると、すっかり荒れた庭が広がっている。そこにあるはずの車がなくて、あれ、と首を傾げて自分の行動を思いだしてみた。

どうやって帰ってきたんだっけ。

見事なくらい記憶にない。ずぶ濡れだったからタクシーに乗れたとも思えない。たぶん、どうかして電車で戻ってきたのだろう。

「車、とりに行かないと」

熱をだしたのは正真正銘、ただの風邪だ。回復したあとで冷静に考えてみたのだが、あの日は出かけるまえからすでに風邪をひきかけていたのだろう。朝起きたときから怠かったのもただ行きたくないというだけじゃなく、体調を崩していたせいだ。

体調が悪かったところへ出かけてあんなものを見て、爆発した。半分は具合が悪かったせいでのやつあたりに違いない。

あのとき気づいて家で休んでいたら、リアムと喧嘩別れのような事態にはならなかったんだろうか。

今さらそんなことを考え、莫迦なと自分に呆れた。

雨中に姿を消して以来、一度もリアムは戻ってこなかった。たぶん、もう現れないのだろう。

これで、元の生活に戻れた。リアムが来る以前の、穏やかで平凡な毎日になる。

あんなものを見なくてもいいし、休日になにをするのも自由、食事だって自分用だけなら、適当にすませられる。

夜、体力を熱を奪われ自我さえ支配されることもない。

これでいい。どうせ、いつかはいなくなるとわかっていた。その日が急に訪れただけだ。

(結局、クリスマスはなにもしないで終わっちゃったな)

リアムが気にするかもしれないなどと迷っていたが、彼は消え、飾らない理由はなくなった。せっかく毎年の行事を続けられたのに、寝込んで台無しにしてしまった。

「静かだなー……」

寝ているあいだに洗濯物はたまっていたし、掃除もずいぶんしていない。ばたばたと作業していたものの、母屋の半分も終わらないうちに、ぐったり疲れてしまった。

「そういえば、まだ食べてなかったっけ」

朝からなにも食べていない。食欲がないし、つくるのも面倒だ。『かつらぎ』を閉めたままなので、賄《まかな》いですませることもできなかった。

食事はきちんと摂《と》りなさい、と、叱る祖母の声が聞こえてきそうだ。

(店の掃除もしなきゃな)

今回は長く休んでしまった。急だったので特に張り紙もしていない。訪ねてくれた客に、迷惑をかけてしまっている。

こうたて続けに臨時休業していると、せっかく代替わりしても通ってくれていた客も、倫弥が店主になってから食べにきてくれている客も、呆れていなくなってしまう。

楽しみに食べにきたのに店が閉まっていたらがっかりするだろう。それが二度三度と続けば、やがて足は遠のく。飲食店などいくらでもあるし、今の『かつらぎ』にはここにしかない味という売りもない。

できる範囲で、サービス考えたほうがいいかな。

祖母の願いで続けている店だ。こんなことで潰せはしない。

家の中は静かだ。テレビもラジオも点《つ》けていないし、車道からは少し離れている。倫弥一人しかいないから、当然、誰の声も聞こえない。

(こんなに静かだったかな)

静かすぎて、重ねた食器がずれるような些細な物音にさえ、いちいち驚かされる。

どっしりと重厚な家具の置かれた居間も、子どものころから毎朝毎晩食事を摂っていたダイニングもやけに広い。

調度類がリアムに本当によく似合っていたせいで、以前からあったそれらが、まるでリアムに置いていかれたようにさえ思えてくる。

(しっかりしろ)

彼がいなくなり、元に戻っただけだ。祖母を亡くしてからずっと一人でいた。それが、いつのまにかあの圧倒的な存在感を放つ男に慣れ、彼の気配をあたりまえのように感じていた。

おかげで、以前よりさらに寂しい空間に思えてしまう。

きっとまた、すぐに慣れる。不意に現れ、現れたときと同じに急に消えた、それだけだ。ひどく寂しくなってしまうのは、この十日ばかり誰とも話していないせいだ。

仕事を再開すれば、こんな感覚も消えるだろう。たわいない世間話をして、祖母の味がだせていないと揶揄《からか》われて、そんなふうにすごしていくうちに寂しさなどまぎれるはずだ。

そのためにも、早く店をはじめないと。

「なにか食べないと」

気分が滅入りがちなのは、空腹と病みあがりのせいもあるはずだ。食べられそうなものはあるか、倫弥は冷蔵庫を開ける。

漏れでたのは苦笑いだった。冷蔵庫も冷凍庫にも、リアムが好んで食べたものが入っている。ドアポケットには缶ビールもあった。

箱買いしてあったから、まだずいぶん残っている。倫弥はビールなどめったに呑まないから、これはどうしたものだろう。

お客さんに分けちゃおうかなあ。

『かつらぎ』へ持っていって、配ってしまおうか。臨時休業のお詫《わ》びだとでも、笑って言えばいい。

喉《のど》が渇いた。時間をかけてゆっくりコーヒーを淹《い》れる。ミルクと砂糖は普段より多めだ。

買いおきの箱を探して、チョコレートを見つけた。

疲れたときも、どこかつらいときも寂しいときも、祖母に教えられたこの習慣で乗りきった。

温かいマグを持ち、そっと口に含む。当分、チョコレートが手放せなくなりそうだった。

＊　＊　＊

仕事再開の当日は、やはり客足が鈍い。馴染み客たちはしばらくの休業で様子見をしているか、ひょっとしたら他の店へ移ってしまったのかもしれないし、いよいよ年末で、外食しようという気分にもならないのだろう。

ぽつりぽつりと現れる客に応対し、倫弥はひたすらすみませんと頭をさげた。サービスに小鉢をだし、会計時には自宅から運んできた缶ビールを菓子とともに袋に入れて手渡した。

「ちゃんと病院行った？　今年三度目だろ、風邪ならいいけど、そうじゃなかったら大変だよ」

「それが、ずっと寝ていたんで病院どころじゃなかったんですよ。で、起きあがったらすっかり治っちゃって。うっかり雨の日に濡れたのがまずかったみたいです」

「無理しないように気をつけてくれよ、ホントに。小夜さんいなくなって寂しいのに、この上倫君もなんてなったら、楽しみがなくなる」

年輩の馴染み客にしみじみと告げられ、倫弥はもう一度すみませんと頭をさげた。

「楽しみってひょっとして、僕を揶揄うことですか？」

「ま、それもある。あとは、いつ倫君が小夜さんの味をだせるようになるか、とかな。賭《か》けようかって話もでてたんだが、誰が裁定するかで揉めてね」

「うわー、それは負けたかたに恨まれそうなんで勘弁してください。絶対無理、に賭けられたらそれはそれでおちこみますし」

「はは、まあ頑張ってくれよ。ええと水餃子くれる？」

「はい、お待ちください」

祖母じこみの鰹出汁《かつおだし》の水餃子は、一年中だしている定番だ。夏にはこれの冷製もだしていて、祖母の代から好評だった。

あっさりと仕立てるために具は鶏ささみの挽《ひ》き肉に茸《きのこ》類を細かく刻んであわせ、温まるように生姜《しょうが》はほんの少しだけ強め。みじん切りした玉葱《たまねぎ》や人参をスープと一緒に煮て、餃子は火が通りすぎないように気をつけて入れる。

水餃子というには変則だが、焼おにぎりとあわせたセットがよく締めにと注文される。

ドアが開き、客が入ってきた。馴染み客の白井《しらい》だ。

「いらっしゃいませ」

「ああ、よかった。ずいぶん開かないから、なにかあったのかと思って心配してたよ」

白井は寒い寒いと言いながら、カウンター席についた。

「ご迷惑おかけしてすみません」

「どういたしまして。家まで様子見に行こうとかも考えたんだけど、さすがに図々しいだろ」

白井が自宅を知っているのはたまたまだ。だいぶ以前に家の近くでばったり会って、話のついでで伝えていた。

「さすがに今回はちょっと、一人暮らしのきつさを思いしらされました」

「だろ？　特に身体弱ってるときとか、きっついよなあ。めちゃめちゃ寂しくなったりしてさあ、もう誰でもいいから傍《そば》にいてくれー！　って感じで」

リアムがいてくれたら。熱に魘されながら何度となく考えた。

（そうか、あれは気が弱っていたからか）

具合が悪いせいで精神的にもつらくなり、リアムの不在を強く意識しすぎていたのか。

そう、だよな。

たかが二カ月もいなかった、とりたてて親切にしてもらったとか、優しい思い出なんてものもほとんどない。強引にふりまわすだけふりまわされてばかりだった。

リアムといたって、いいことなんてない。

好き放題にふりまわされるばっかりで、疲れて。おまけにあんな目にまで遭った。それなのにあれほど会いたいと願ったなど、きっと気が弱っていたせいだ。

白井の言葉に頷《うなず》いてみたものの、心のどこかでは違うとわかっていた。


習慣はなかなか消えてくれない。

一分でも早くリアムを忘れてしまいたいと思うのに、彼の存在が身体中に沁《し》みついている。

食事はいつもつくりすぎ、買いものへでれば彼の好物をつい、籠《かご》に放りこんでいた。仕事から戻って風呂に湯を張り、さっさと入ってしまえばいいのに、何度も離れへ行きかけ、そのたび、彼はもういないのだと思いなおす。

いつのまにか生活の些細な部分にまで、彼が深く入りこんでいた。

(元に戻っただけだろ)

ただそれだけのことなのに、どうしてこんなにも寂しい。毎日毎晩、彼の気配を探してしまうのだろう。

物音がすれば彼かと顔をあげ、街へ出れば長身の男を目で追ってしまう。

しっかりしろ。

もう、リアムは戻らない。当然だ。

言いたい放題言っておいて、今さらリアムが戻ってくるなど期待するほうが無理だ。あの尊大な男が、どうして自分から戻ってくるなどと考えられるだろう。

彼にとっては、倫弥などいようといまいと関係ない。いれば便利、という程度だったのに。

いつまでもリアムにこだわっているなど、莫迦みたいだ。

(ほんと、莫迦だよ)

呆れても腹をたてても、どうにもならない。

冬の寒さが、ますます厳しくなっていった。

＊　＊　＊

年内最後の営業を終え、『かつらぎ』を閉める。倫弥は入り口につけた注連《しめ》飾りの具合をたしかめ、やや曲がっていたのを直した。

大晦日も営業して、暇な連中に年越し蕎麦を食わせてくれ。できれば天ぷらだとか、もうちょっと腹の足しになるものも添えて。

馴染み客から提案されて迷ったが、今年は例年どおりに閉めた。なにせ予定外だから仕入れをしておらず、まともな料理が提供できそうにない。食材にこだわるのも祖母の流儀だから、そこは曲げられないだろう。食材がよければ、腕もある程度カバーできる。

来年からは、考えてみよう。忘れないように、帰宅したらすぐにカレンダーにでも書いておかなくては。

このごろは年中無休の飲食店も増えてきたけれど、やはり年末年始になると開いている店は極端に減る。もとからこのあたりに住んでいたり、一人暮らしでも帰省や旅行の予定がなかったり、そもそも年末年始だって休みにならなかったりと、馴染み客たちに休業を嘆かれた。冗談めかして、何日も休んだ分開けてくれとも頼まれ、かなり気持ちが傾いだ。今は特に、家に一人でいたくない。

もう少し早く言ってくれたらなんて贅沢なことを考えて、「もう少し早い」時期は肝心の自分が倒れて閉めていたのだと思いだす。

「年越し蕎麦、明日でも買えるよな」

正月の準備などなにもしていない。多少掃除はしたものの、荒れた庭は結局そのままだ。ぼんやりしているうちに年を越してしまいそうだ。祖母は季節の行事にこだわる人だったから、この状況を知ればきっと渋い顔をするだろう。

中心部を外れ、細い路地へ入る角を曲がると、倫弥のまえに影が立ちふさがった。

(リアム?)

ほんの一瞬期待して、すぐに違うとわかる。そうして彼かもしれないと思った自分の莫迦さ加減にまた呆れた。

「あっ――」

倫弥のまえに立ちふさがったのは、リアムではなくカレンだ。店を再開してから姿を見ていなかったから、彼の存在をすっかり忘れていた。

頼りない街灯の下、彼が照らしだされる。すらりとした長身にロングコート、しばらくまえまでは、『かつらぎ』でよく見ていた姿だ。

どうしてか、カレンは困ったような顔をしていた。

(この人がいたんだ)

倫弥からあれを回収するのが、彼の仕事。そうして回収されれば同時に、尽きていた倫弥の寿命も途切れる。

リアムが始終倫弥に触れていたのも、カレンから守るためだった。

(そうだ。あれは、別に特別なことじゃない)

身体を重ねたのも、その一環。ただ触るだけじゃつまらない、ついでに愉《たの》しませろとそれだけの理由だった。

リアムとの行為は、それ以上でも以下でもない。だいたい悪魔に情を求めるなど、どうかしている。

「封印が消えてますすね」

カレンが静かな声で告げた。

「……そうかもしれませんね」

リアムとしばらく会っていない。当然、触れてもいないから、彼の施した印などとうに消えているだろう。

「今ならあれを抜けます」

「うん」

そうだろうな。倫弥はどこか他人事《ひとごと》のように思った。あれほど嫌がって、見たくないものを見せられてまでリアムに触れていた自分が、まるで別人に感じられる。

「逃げないんですか？」

カレンが少し驚いたように目を瞠った。

「逃げて、逃げきれるわけじゃなさそうです」

どうせ、リアムによればすでに死んでいたはずの身だ。今死んだところで、惜しんでくれるような人もいない。せいぜい『かつらぎ』の常連たちが、閉店を残念がるくらいだろう。店だって、他にもある。なくなってしまえば、彼らも他へ移るだけのことだ。

「逃がすつもりはありませんが、意外ですね」

カレンが首を傾げた。倫弥はそれに苦笑いで応える。

「僕も、なんでこんなにおちついてるんだか本当のところはよくわからないんですよ」

わけのわからない理由で死にたくなどないから、リアムとともにいた。彼の手に触れられるのを許した。あまつさえ、あんな行為まで受けいれていたのに。

守ってもらうのとひきかえに、リアムの仕事に協力していたのだ。怖いからといって協力を拒否したら守り手は消え、天使に襲われて死ぬことなどわかっていたはずだ。

まったく、頭に血がのぼるとろくなことはない。

どこまでも他人事めいた感想は、たぶん、現実感がないからだろう。それに相変わらず、カレンから敵意を感じないせいだろうか。

カレンは線が細く綺麗な男で、どこにも威圧感や恐怖を煽《あお》るような気配がない。そういう点で言えば、外見や雰囲気はリアムのほうがよほど怖い、と思う。

彼はただ生真面目というか頑《かたく》なというか、ひたすら職務を遂行しようとしているだけにしか見えない。

その職務が倫弥の呑みこんだモノをひき抜くことで、抜かれれば倫弥は死んでしまう、それが問題なのだけれど。

「死にたいわけじゃないんだ」

今日と同じ明日があって、その翌日があって、日々がそうして続いていく。自分が死ぬだの生きるだのなんて、リアムやカレンが現れるまで考えたことはなかった。

敵意を剝《む》きだしに襲われるのがあれほど怖ろしいなんて知らなかったし、もう二度とあんな目に遭うのはごめんだと心底思った。

襲われたこと自体には、そもそもリアムは関係ないのだなんて、あのときの倫弥の頭からは綺麗に飛んでいた。

怒鳴ったのは、ただのやつあたりだ。具合も悪く、その上どうしようもなく怖くて、だから彼にあたった。

あのとき襲ってきた男とカレンと、どちらも倫弥を消そうとしているのは同じなのに、ただ気配が違うというだけで、こうも怯《おび》えずにいられるものか。さすがに自分でも呆れてしまう。

（でも――）

頭の中に、リアムの姿がよぎる。

元の生活に戻るだけだとか、どうせいなくなるだとか。あれこれ数えあげて彼の不在をたいしたことはないと思いこもうとしていたけれど、倫弥の心中深くに沁みこんだ彼の気配は、どうしても色褪《いろあ》せない。

傍に、いてほしかった。できれば、ずっと。

（ごめんな、リアム）

祖母を喪《うしな》った寂しさが、リアムにふりまわされて埋まった。誰かと笑ったり怒ったり、そんな生活は久しぶりだった。

勝手でものぐさで倫弥をいいように利用しているだけの男だったけれど、文句を言いながらも倫弥を守ってくれていた。

(僕がいないと仕事が面倒だとか、どうせそんな理由だろうけど)

悪魔に感情を求めるほうが間違っている。それでも、どうしようもなく魅力的なあの男を、たぶん倫弥は好きだったのだ。

もう一度会いたかったなあと、ぼんやり思う。会って、ごめんなと謝って、ありがとうと伝えて。

心残りは、それだけだ。

どうせ消滅させられるなら、おとなしくリアムに協力してあげればよかった。黒い塊《かたまり》が怖くて憑依《ひょうい》された人間に襲われて怯えて、もう絶対にやらないと言いはって喧嘩までしたくせに、結局、消滅させられるはめになる。

(今ごろ、どうしてるかな)

生きるか死ぬかという境界線に立たされてさえ、リアムのことばかり考えてしまう。

「ずいぶんと余裕がありそうですが、私がなにもしないと思っているのでしたら間違いですよ」

「いいえ。そこまで考えてないです」

この期に及んで、それほど楽天家ではない。

「できれば、あんまり痛いのは嫌です。痛いの好きじゃないから、そんなことされるなら全力で逃げるかもしれません」

「大丈夫ですよ。——おそらくは」

「おそらくって、はっきりしませんね」

「私には当然、抜かれた経験などないので、実際どうかまでは保証できません」

カレンは困った顔のまま言った。まるでセールスでもしているような口上だ。もっとも、セールスならもっといいことずくめな言葉を並べるのだろうが。

どうしても現実感のないまま、そんなことに首を傾げる。

ああ、そうだ。一つ訊ねたいことがある。

「ごめん、先に一つ訊いてもいいかな」

「なんです。答えられるかどうかは質問の内容によりますが」

「カレンとか、……リアムとか。あなたがたって、僕らみたいな感情はあるの？　あっと、嫌味じゃなくてただ単純に知りたいだけなんだ」

同じ姿で、同じ言葉で話す彼らはけれど、中身は同じ人間ではないという。その彼らに、誰かを想ったり大切にしたりせつなくなったり、そんな感情はあるのだろうか。

少なくともリアムは怒ったり笑ったりはしていたようだけれど、どこまで本気だったのかがわからない。

「あなたがたと同じかどうかは知りませんが、ありますよ。私だって腹をたてたり悲しくなったりはしますよ」

小夜との約束が守れなかった。よりによって、自分の手で「見守ってやってくれ」と頼まれた倫弥を屠《ほふ》るはめに陥るなど、自分の職務でありすでに倫弥の寿命が尽きているのだとしても、けっして気持ちのいいものではない。

カレンは倫弥へ向け、淡々とした口調で告げた。それでも静かなその口調に、どうしようもない悲しさが伝わってくる。

「私にとって、小夜さんはとても大切な人でした。めったに会えませんでしたが、会うといつも賑やかで楽しかったんです。得体のしれない私たちをあっさり受けいれてくれて、家に置いてくれたんですよ。そりゃあ、驚きましたけど」

カレンが祖母と会ったのは、彼がはじめて人間の世界へおりてきたその日だった。彼は初任務に緊張していたし、そもそも人間の世界にまるで慣れていなかった。知識として頭に叩きこんではいてもこまごまとした反応にまごつき、泊まる場所も探せず途方にくれていた。

深夜、明かりのついていた『かつらぎ』へふらりと入った、それがはじまりだった。

「泊まる場所がないと話したら、離れを開けてくれたんです。なんの支度もしていないなんて莫迦げているだとか怒られましたが、優しかった」

「祖母ちゃんらしい話です」

「ええ。会ってすぐにもとは同族だろうと気づいたんですが、なかなかたしかめられずにいて。遠まわしに訊ねてみたらあっさり認めましたよ。小夜さんは、お母様から聞いていたそうです。私の正体も初対面でわかっていたんだそうです。……こちらが話すまでは、なにも言いませんでしたが」

以来、こちらの世界へ来るたび、祖母の元へ必ず顔をだした。カレンたちの世界と人間とでは時間の流れが違っていて、祖母はカレンを置いて年をとった。それでも最後まで、いつ来ても同じように温かく迎えてくれた。

「亡くなられた今でも、大切な人です」

「そっか」

カレンが祖母に対するように、リアムが、少なくともあの時点よりまえまでは、少しくらい倫弥に好意の欠片《かけら》のようなものを持っていてくれたらいいなあなどと、埒《らち》もないことを考える。

さんざん肌を重ねて、誰も知らない倫弥を暴いて。あれほど近くにいたのはあの男だけだ。たまにでもいい、思いだしてくれたらいいのにと願うけれど、それは望み薄だろう。

またリアムの姿が脳裏をよぎる。胸が鋭く痛んだ。

「あの、リアム……は？　リアムは一緒だったの」

「いいえ。私と彼とでは、任務がまったく異なります。彼は私よりずいぶん早く、小夜さんと知りあっていたようですよ」

そうか。リアムは祖母の若いころを知っているようなことを言っていた。初対面で、それらしい話をされたのが記憶に残っている。

「今回、同時期にこちらへ来たのは偶然です。気が向かないと命じられた任務さえいつまでも放っておくような男ですが、さすがに集団脱走ともなると、放ってもおけなかったのでしょう」

カレンは言葉を切って、しばらくのあいだ俯《うつむ》いていた。ふたたび顔をあげると、倫弥をじっと見つめてくる。

「小夜さんとの約束は守りたかった。だからこそ、こんな事態になってとても残念です。――話は、もういいですか」

カレンの右手が白く光った。

「長々と話して、決意が鈍っても困りますから」

「それ、使うの？」

カレンの手には細く長い剣があった。リアムが持っていたそれと似ているが、こちらのほうがかなり細身だ。

やっぱり斬られるのか。

リアムがしていたのをさんざん見ていたが、そのときの嫌な悲鳴が耳にこびりついている。

倫弥はごくりと喉を鳴らした。

やはり、こうして剣を見てしまうと怖《お》じ気《け》づく。鈍るもなにも、死のうとまでは決意した憶えはない。逃げなかったのはなかば自棄《やけ》を起こしていたのと、現実感がまるでなかっただけで、カレンの職務をまっとうさせてやろうなどと親切心をだしたのではまったくない。

「はい。一瞬ですから、あなたは苦しまずにすむはずです」

はず、と言われても。

この期《ご》に及んで、足がじりじりと後退する。

「あたりどころが悪いと、苦しむかもしれませんよ」

「って、言われても」

やはり怖いものは怖いのだ。まったく往生際が悪いとは、自分でも思う。

カレンもいっそ、前置きなしでさっさと終えてくれればいいのに、どうしてか倫弥の同意を待つごとく、なかなか動かない。

剣の切っ先がわずかに動いた。身体がびくんと震える。カレンがどうしてか迷いながらそれを持ちあげようとする。

（――――！）

直視できず、倫弥はぎゅっと目を瞑った。

足元から不自然に強い風が吹きあがる。倫弥のコートの裾《すそ》がばさりと舞った。握りつぶされでもしたように、胸に強い痛みが走った。

「……っ」

なにかが、倫弥とカレンのあいだに割ってはいった。濃厚な花の香りが漂う。

「俺のモノに手ぇだすなっつったろうが」

聞きなれた声。はっと目を開けた倫弥のまえに、広い背中がある。

「リアム……!?」

どうして、と小さい声で呟いたのがとどいたのかどうか。リアムがふり返り、肩を竦めてみせた。

「なにぼんやりしてやがる」

「だ、だって」

どうして。どうして彼がここにいるんだろう。これは願望が見せた幻か、それとももうすでにカレンに斬られて倫弥は消滅し、最期の夢でも見ているのだろうか。

(どうして、なんで)

頭の中はそればかりだ。倫弥は呆然とリアムを見あげた。

「ったく、せめて逃げるくらいの努力はしてみたらどうだ」

呆れたような口ぶり。いつもの、リアムの話しかただ。姿を消していたことなど、まるでなかったようにふるまっていた。

リアムが小さく舌打ちした。そうして、伸ばされた彼の腕にぐいとひっぱられる。

「う、わっ」

リアムの肩口に、倫弥の鼻がぶつかる。あの花の匂いが、さらに強くなった。身体ごと抱きこまれて慌てふためくが、考えてみればリアムが触れたらまたしばらく、カレンは倫弥に手がだせなくなる。

触れることで、彼は助けてくれたのだ。

（でも、触るだけなら腕でも頭でもいいのに）

カレンが見ている、それがどうにも恥ずかしい。別に抱きこまれたからといってカレンに倫弥とリアムがどんな関係かなどわかるはずもないし、知られたところで相手は人間ですらない。

それでも恥ずかしいのは、色恋沙汰になどまるで不慣れなせいだろうか。

（いやでも、リアムは色恋とかそんなじゃないし……！）

こんな状況で暢気なことを考えてしまうのは、ほっとしたせいだろうか。

「このタイミングで現れるということは、あなた、その人を見張ってたんですか」

カレンの声が強ばっていた。倫弥の顔はリアムの肩口に押しつけられたままで、彼らがどんな表情で話しているのかわからない。顔をあげようとすると、リアムの手のひらで戻されてしまった。

「見張ってたのはこいつじゃねえよ。どうせ行く場所なんざわかってるし、このあたりの連中は根こそぎ払ったはずだしな」

「じゃあどうして」

「おまえがどうするか見物してた」

「――！　相変わらず、歪《ゆが》んでますね」

「おかげさんで」

カレンの口調が苦い。けれど、どこかほっとしたようにも聞こえるのは気のせいだろうか。

「わかりましたよ。またの機会にします」

「そんな機会はねえよ。たぶん、だけどな」

ようやく、リアムの手のひらが離れる。相変わらず腰は抱かれたまま、倫弥はそろそろと顔をあげた。

すぐ目のまえに、リアムの鋭い顔がある。ひたと見据えれば、視線に気づいたようにリアムが倫弥を見おろした。

視線がかちあった。リアムはにっと口の端を吊りあげ、いつもの意地悪い笑みを浮かべた。

「なぁに見つめてやがる」

低く掠《かす》れた声が、倫弥の耳朶《みみたぶ》を掠めた。そんな場合じゃないのに背筋がぞくりと慄《おのの》く。

「ばっ……！　見つめてるわけじゃっ」

頬が火照るのがわかった。リアムの声が、まるであのときのそれと同じだったせいだ。

「そんじゃ見惚《みと》れてたのか。どっちでもいいけどな」

「違うってばっ。なんでそういう解釈になるの⁉」

「見たまんま言っただけだ」

「それ勘違いだからっ」

急に現れて危難から救ってくれたかと思えば、もうこの調子だ。まったく、リアムという男はなにを考えているやらさっぱりわからない。

（それでも、いいけど）

気まぐれでもなんでもいい。リアムのおかげで、また倫弥はしばらく長らえられる。それよりなにより、彼と会えたのが嬉しい。

二度と会えないと思っていた。もう終わりだと思った。意地悪な笑みを見て喜んでいるなどどうかしているけれど、ものすごく悔しいけれど、それが本心だ。

「あの」

放っておかれたカレンが、倫弥とリアムの口論を止めた。

「はっ、はい？」

「当分なにもしないと誓えば、また店へ寄せていただけますか」

「……はあ、それは、まあ」

客で来るというなら拒まないが、しかし。

（この状況でそんなこと言うかな）

倫弥やリアムも相当ズレているだろうが、カレンも大概だ。

「『かつらぎ』は、小夜さんを思いだせるので懐かしいんです」

彼は祖母の話をすると、いつも表情が柔らかくなる。いくら狙われていると警告されても、こうして実際狙われかけても、やっぱりこの人を嫌いになれないのは、この表情のせいだ。

大切な、倫弥のただ一人の家族。その人との思い出を愛《いと》おしんでくれるのが嬉しい。

「リアムがあなたから離れて、あれを回収するいい機会でした。決意が鈍るからとしばらく顔をだせなかったんですが、また当分、チャンスはなさそうですし、ならば行かない理由もありませんので」

どうせなら一生手をださないと言ってほしかったが、言葉で言われたところで保証はない。まあ、いいか。

「いつでもどうぞ。お客で来てくださるなら歓迎します」

倫弥が言うと、リアムがわざとらしく嘆息する。カレンはぱっと顔を輝かせ、「ありがとうございます」と言った。

ああ、この人笑うと可愛いんだなあ。

そんな印象を残して、カレンが去っていった。

深夜の街中は静まりかえっている。あたりを照らすのは小さく頼りない街灯だけだ。カレンがいなくなり、リアムと二人きり残された。

なにか、言わないと。

路上にいるのに、ひどく息苦しい。彼と倫弥がいるこの空間だけ、目に見えない透明なカプセルにでも閉じこめられたようだ。

ひどく緊張してきた。カレンと対峙《たいじ》してさえこれほど緊張しなかったというのに、守ってくれたリアムといて、どうしてこんなふうになってしまうのだろう。

とにかく、速まるばかりの鼓動をどうにかしなくては。おちつくべく、倫弥は深く呼吸しようとした。

息を吸ったとたん、鼻孔にリアムの匂いが流れこんでくる。

「……っ」

ぞくっと背が慄いた。肌の下がざわざわする。眠りこんでいた感覚器官が、一気に目を覚まして蠢《うごめ》きはじめたようだ。うっすらと熱があがり、脈はますます速まった。

(どうしよう)

心臓の音が、リアムにまで聞かれてしまいそうだ。

セックスまでしておいて、今さら二人きりでいるだけでどぎまぎしているなど可笑しすぎる。おちつけと何度も自分に言いきかせるのに、速まる鼓動はちっとも治まらない。

(どうして帰ってきたの)

こんなに経ってから現れるなんてずるい。もう会えないと思いこみ、死ぬかもしれない瀬戸際まで追いつめられたタイミングで助けに入るなんて恰好《かっこ》よすぎる。

混乱しすぎて、頭の中がぐちゃぐちゃだ。

まずは助けてもらった礼を言わなくては。ああそれより、あの日のやつあたりをちゃんと謝るほうが先だろうか。

それよりなにより、真っ先にどうしても訊きたいことがある。

（家に戻ってきてくれる、……のかな）

リアムとカレンとの会話を反芻《はんすう》する。彼は、カレンを見張っていたのだと言っていた。リアムの仕事絡みでカレンを見張り、たまたま倫弥と対峙したから、気まぐれを起こしてついでのつもりで助けただけだったらどうしよう。

すぐにいなくなってしまったら、どうしたらいい。ひきとめたいけれど、どうすれば彼を留《とど》めておけるのだろう。

倫弥を縛《いまし》めたままのリアムの腕が離れた。解放された倫弥は手を伸ばしかけ、彼の袖《そで》を摑むまえに止めた。

ふり払われるのが怖い。けれどこのまま去られるのも嫌だ。どうしていいかわからなくて、拳《こぶし》をぎゅっと握りしめる。

「おい」

リアムが倫弥へと視線を流す。ぎくりと胸が竦んだ。

（嫌だ）

せっかく、会えたのに。これで終わりだなどと言われたら耐えられない。絶対嫌だ。彼が翻意してくれるなら、子どものように路上に転がって暴れでも、泣いて喚《わめ》いて縋《すが》りつきもしたいくらいだ。

聞きたくない。倫弥はばっと自分の耳を両手で塞いだ。

「なにしてやがる」

けれど手はリアムに掴まれ、力ずくで離されてしまう。抗っても彼の力は強く、腕はとりあげられ、あっさりと捕らえられてしまった。

「だっ、……て」

とっさの自分の行動をどう説明したものか。恥ずかしくて、顔が赤らむ。

「だって、なんだ」

「リアムが、その」

「さっさと言え。言わねえなら、ここで無理やり言わせてもいいぞ」

「――――！　莫迦ッ」

リアムの言葉がなにを示唆しているか、わからないはずがない。

（リアム、ひどいよ）

こんなに気持ちを乱されてふりまわされているのに、揶揄うなんてひどい。

気持ちが高ぶりすぎて、どうしていいかわからない。感情の振り幅が大きすぎて、コントロールできない。

驚いて嬉しくて、つらくて悲しくて腹がたった。

リアムに会うまでの倫弥に、さほど感情の起伏はなかった。祖母との二人暮らしは穏やかで平穏だったし、もともとがのんびりした性格だ。つらくて動けなくなったのは、祖母を喪ったそのときだけだ。

喜ぶにも嘆くにもほどほどで、まして誰かに対して本気で腹をたてたり怒鳴ったり、しがみついてでも離れたくないなどと考えたことは一度もなかった。

そのせいか、自分自身をもてあまして疲労感さえある。

「俺がなんだ」

リアムに見据えられ、倫弥は赤らんだままの顔をさっと背けた。

「リアム、が」

「ん？」

先を促され、倫弥は喉を鳴らした。ああもう、恥ずかしくてたまらない。それでも、どうせいなくなるのならもう、ぶちまけてしまえ、と思う。

「これでいなくなるのかな、って。それが、嫌だった」

言ったとたん、羞恥で爆発しそうになる。逃げだしたいのに、リアムはしっかりと倫弥の腕を摑んだままでどうにもならない。

「ちゃんと話したんだから、も、もういいだろ!?」

手を離して。ひき攣《つ》る声で告げたのに、リアムはさらに力を強めただけだ。

「へえ？　おまえ、俺がいなくて寂しかったのか」

くくっと笑いながら、リアムが顔を近づけてくる。吐息が頰を掠めた。

(そうだよ)

つらかった。寂しかった。元に戻っただけだなんて強がってはみたけれど、彼のいなくなった寂しさはなにをしても埋まらなかった。

熱をだして一人で眠って、彼を呼びたくてもどこにもいなくて。体調が回復すれば気分も変わるだろうと期待したけれど駄目だった。

それなのに、こんなタイミングで現れるなんて本当にずるい。

「そうだよ！　つらかったよ！　怒鳴ってごめんとかずっと思ってたよっ」

感情が迸《ほとばし》るまま、倫弥は叫ぶように告げた。高ぶりすぎているせいで、涙まで浮かんでくる。鼻を啜《すす》りあげ、潤んだ目でリアムを睨んだ。

「ずいぶん素直だな」

「悪い!?」

意地を張りとおして、なんでもないふりなんてできない。リアムがいなくなるのが怖くて、もう一度一人になるのが嫌で、そのくらいならなんだって言える。

平気なふりなどしても心に空いた穴は塞がらない。彼も、まして自分自身など騙《だま》せない。ならば素直になって、言いたいだけ言ってしまったほうがずっといい。

「いいや、悪くねえよ」

上出来だ。リアムが短く言って、顔を近づけてきた。腕は掴まれたまま、反対の手に顎をとらえられる。

上向かされ目を瞑ると、しっとりと唇が重なった。

(あったかい)

リアムの唇はやや厚めで柔らかい。乾いていて弾力があって、触れるとそこから溶けてしまいそうなほど心地よかった。

そうして近づけば近づくほど、彼のあの花の匂いがねっとりと倫弥を覆う。

軽く触れては離れ、軽く触れてはまた離れとくり返され、焦《じ》れったくなった倫弥は彼の唇を追いかけて身体ごとすり寄せた。

リアムが笑ったのが、震動で伝わる。

(あっ——)

どうしよう、笑われた。そんなに浅ましかっただろうか。

臆して身体を退《ひ》こうとすると、リアムが追いかけて倫弥を捕らえた。呼吸さえ奪いさるような強さで貪《むさぼ》られ、倫弥はくたりと力を失う。

凭《もた》れかかるリアムの身体は、真冬の寒さを忘れさせるほど温かかった。

「――……」

たっぷりと翻弄された唇は赤く腫《は》れて、リアムが離れてもまだじんと痺れていた。

唇と同時に腕も解放され、倫弥は大きく息をつく。なにか言わなくてはと思うのに、頭が真っ白で言葉の一つもでてこない。

少しでも長く彼をひきとめておきたくて、会話の糸口を懸命に探した。

「そうだ。ねえリアム、さっき言いかけたのはなに？」

倫弥が耳を塞ぐ直前、彼はなにを告げるつもりだったのだろう。訊ねて、けれど口にだしてからしまったと後悔する。

おしまいだと言われたくないから耳を塞いだのに、ひきとめるためにわざわざ、その言葉を訊ねてどうするというのだ。

唇の甘さに浮かされ、まともな判断ができなくなっているらしい。

「さっき？　ああ、あの野郎の話か」

リアムの口からでたのは、予想していたのとはまるで違う方向だった。

野郎って、誰だろう。つかのま考えて、カレンだと思いいたる。

「歓迎するって、おまえやっぱり阿呆だろ」

「断る理由がないよ」

店へ来てもいいかと訊ねられた、その話のようだ。

けれど、あの場合他に言いようがなかった。

『かつらぎ』に来るカレンは特に問題も起こさず、ただ静かに食べて呑んで、たまに馴染み客たちと世間話をかわす程度だ。なにより彼の口からときおり語られる祖母の姿はいつも温かく、聞いていると優しい気分になれる。

リアムがいるあいだ、彼が倫弥に触れているうちは、カレンは倫弥に手がだせない。その状態でなら、いつ会っても平気なはずだ。

「なんでねえんだよ。めいっぱいあるだろうが」

「えっ」

やっぱり、これでいなくなってしまうんだろうか。倫弥に触れたのもこれきりで、今後は自分で自分の身を守れとでも言うのだろうか。

(そんな)

こんな不意打ちなんてひどい。カレンの話で注意を逸《そ》らされていたのに、やっぱりいなくなるだなんて。

ショックで、倫弥はぎゅっと唇を嚙《か》んだ。

「ったく、そんなだから――」

リアムが舌打ちして、言いかけた言葉を途中で止めた。

「どうしたの」

「なんでもねえよ」

そんなだから、なんだ。倫弥がどうだというのだろう。

(どうすればいいの)

どうしたら、彼をひきとめておけるのだろう。

「ねえリアム、……やっぱりいなくなるの」

怖い。聞きたくない。それでも、聞かずにはいられない。聞いて、もう少し、あと少しでいいから一緒にいてもらえないかと頼んでは駄目だろうか。

せめて倫弥に、覚悟ができるまで。

(なるべく急ぐから)

毎日ちゃんと自分に言いきかせてリアムとの別離の覚悟をするから、一日でも二日でもいい、それも許されないならせめて、朝になるまででもいい。

今すぐになんて、つらすぎる。助けておいてこれで終わりなんて、ひどい。

「とりあえず帰るぞ。話はあとだ」

リアムは倫弥の問いかけには答えなかった。彼は変わらず、言いたくないことにはふつりと口を噤《つぐ》む。

それでも家へ帰るというなら、まだ時間はあるのかもしれない。

「えっ、ああ……うん。そうだね」

伝えたい言葉はたくさんある。あのときはごめんなさいとか、助けてくれてありがとうだとか。けれど倫弥にそれ以上言わせず、リアムはさっさと歩きだしてしまう。

まったく、この男には余韻というものがないらしい。倫弥は小走りでリアムのあとを続いた。


リアムが戻ったとたん、家自体が生気をふき返した。どこか薄暗く静かで、広さが一人きりの寂しさをかきたてていたのに、寒くはあっても身体の底へ沁みるほどではなく、どうしてか照度まであがったように見えた。もちろん家が生きもののはずはなく、要するに倫弥自身がそれほど参っていたのだろう。

鍵《かぎ》を開けるにもドアノブを握るにも、いちいち手が震えていた。情けないくらい、緊張している。対してリアムはまったくいつもどおり、しばらくの不在などなかったようにふるまっている。

彼はなんの躊躇《ためら》いもなく居間へ向かい、コートを床へ放りなげた。そのままいつもそうしていたようにソファに脚を投げだして座り、身体を背もたれへ預ける。

リアムのコートを拾いあげるまではよかったが、そこから先、どうしていいかわからない。言いたいこともき訊きたいこともあるのに、言葉がでてこない。

そこにいるリアムがあまりにも自然で、今までもこれからも、ずっとここにいるようにさえ思えてしまう。

(本当に、そうだったらいいのに)

彼がずっと、ここにいてくれたらいいのに――。

「なにぼさっと立ってんだ？」

リアムが倫弥へ顔を向け、指だけを動かして招く。その尊大な言いように誰の家だと反論しかけたが、今は喧嘩を売っていい場面でもない。

「お茶、淹れてこようか。冷えてない？」

「いいから、さっさと来い」

せっかく戻ってきたリアムがまた出ていくようなことは避けたくて、倫弥はおとなしく彼の足元に膝をたてて座った。

つかのま離れて気持ちをおちつかせたかったが、どうやらそんな時間はもらえないらしい。

倫弥を招いたくせに、リアムは自分からはなにも言わなかった。このまま、黙っているつもりなのかもしれない。もしかしたら疲れていて、しばらく休むつもりだったのだろうか。

(いなくなる、なら)

言わなくちゃならない。どうしてもリアムが消えてしまうなら、今のうちに話したいことすべてを伝えておかなくてはならなかった。

さんざん迷って、倫弥は口を開いた。

「いろいろ、その……ごめん。怒鳴ったり、とか。助けてもらってたのに」

「あ？　ああ。どうせ妙なモン見せられて襲われて泡食ってたんだろ」

「うん、たぶん。それと、ちょっと風邪ひいてたみたいで調子あんまりよくなくて」

朝から怠かったのに自分でも気づいてなかった。倫弥が今さらの話を伝えると、リアムがじっと見おろしてくる。

「おまえ、つくづく――」

「阿呆だな、でしょ。わかってるよ」

「そういう話は先にしろ。無理して出かけるほどでもねぇよ」

「だって、自分でも気づいてなかったって言っただろ？」

わからないものを話せと要求されても無理だ。もっと言うならおそらく、自分が風邪をひくという感覚すら忘れていた。リアムによればカレンが守ってくれていたおかげで、倫弥はずっと健康だったのだ。

「それと、今までどこにいたの」

「あちこちだな。適当に。掃除がクソ忙しかったから、ろくに寝てもいられなかった」

おかげで、座ったとたんに眠くなった。リアムが言葉どおりに欠伸《あくび》をする。

「掃除？」

「ここらの阿呆どもを片づけてた」

そういえば、さっきそんな話を言っていた。リアムが一人でしたんだろうか。ちらと見あげると、倫弥の内心を読んだように、彼は鼻を鳴らした。

「面倒くせえし疲れるんだよ」

「そっか。その、ごめん。手伝わなくて」

「反省したら次から手伝え。しばらくはなにもしなくてすみそうだがな」

しばらく、なにも。倫弥はリアムの言葉を頭の中でくり返した。

「まだ、いてくれる……の？」

「質問ばっかりだな」

「だって、わからないことがたくさんある」

リアムはほとんど話してくれない。訊いたって話したくなければ口を開かないが、それでも訊ねなければわからない。

倫弥は彼の正面へ向けて身体を捻《ひね》った。まっすぐに彼を見つめて答えを待つ。どきどきと跳ねあがる心臓の音は乱れて、今にも破裂してしまいそうだ。

「行ったり帰ったりすんのはそんな簡単でもねえの。面倒だから、まだ当分こっちだ」

「そ、……っか」

望んだ答えをもらえて、全身からどっと力が抜けた。安心しすぎて、このまま床に沈みこんでしまいそうだ。

わかっている。リアムがここにいてくれるにしても、それは永遠ではない。いずれ、彼はいなくなる。その時期が少し延びただけだ。

(それでも、いい)

少しでも延びたならそれでいい。そうして今度はあんな終わりかたじゃなく、笑って手を振って彼を送りだせたらいい。

きっとものすごくつらくて寂しくて、一人になったら耐えられないけれど。それでもあんなふうに急に離れるよりずっといい。一分でもリアムといられるなら、それだけで。

「それと」

「まだあんのかよ」

一晩では訊ねきれないほど、知りたいことはある。たとえば祖母とどうやって出会ったのかとか、リアムの目から見た祖母はどんなだったか、とか。

本当はいつ帰ってしまうのか、いつまでいてくれるのかを訊ねたいけれど、肝心なそれだけは言葉にできない。

現金なものだ。まだ当分いると聞いたとたん、決意した別離がまた怖くなってくる。先延ばしにしただけなのに、それでも今は聞きたくない。

代わりに、あと二つだけ。

「あとちょっとだけ。あの、さ。僕に触ってたり、……その、あんなことしたのって、カレンから守ってくれるため……だよね？」

「便利だからな。触るだけじゃ俺がつまらねえから、ちっとオプションはつけたが」

オプション。リアムにとってはセックスなどオプション程度か。

こうなって気づかされたが、倫弥にとって、リアムは特別だ。彼と離れたくない、ずっと一緒にいたい。あんな行為だって、リアムとなら嫌じゃない。

けれど相手は悪魔で、訊ねたのは好きだとか嫌いだとかそういう答えが欲しいわけじゃなかった。……いや、たぶん欲しかったのだろう。あたりまえの答えを返され、がっかりした自分に苦笑する。

リアムもそのあたりは気づいていたのだろう。にやにやと相変わらず意地の悪い笑みを浮かべていた。

（いいよもう。そんなの期待してないから）

一方的でいい。

今はリアムがここにいてくれるなら、それ以上の贅沢など望むまい。

「あと一つだけ。どうして、戻ってきたの」

「さっきのか？　言ったとおりだ。俺のものに手ぇだすなって言っておいたんだが、あいつは俺の話なんざ聞かないからな」

　牽制だと、リアムが肩を竦める。

「牽制？」

「まあどうせ、あのヘタレ野郎がおまえ殺せるはずもねえって踏んでたが」

「——は？」

　リアムがさも莫迦にしたような口調で話すのには、もともと、カレンは天使の中でも良心の塊といっていい存在らしい。多少なりとも関わりあった、そのうえ小夜の孫である倫弥を、いくら寿命が尽きているといってもそうそう殺せるものではない——らしい。

　それでは、カレンがあのとき躊躇っているように見えたのは本当に躊躇っていたからで、ずるずるとひき延ばしていたのは、決心がつかなかったからなのか。

「あいつらは魔族のなれの果てだって始末できねえんだ」

　本来、逃亡者を捕らえるのは天族の役割だ。だが魔族に報酬を払って、同族狩りを依頼している。天族の逃亡者を捕らえるのもリアムたちへの依頼だ。

「あいつらじゃあるまいし、真面目に仕事するのなんざ俺の性にあわねえんだ。おまえがガタガタ煩えから、掃除はしておいたがな」

「ごめん。だってものすごく怖かった。僕は昔からああいうのが苦手なんだ」

ほんの小さいころ、一人で遊んでいた離れで『なにか』を見た。それがどんな形のものであったかさえ憶えていないのに、とにかくひどく恐ろしかったことだけは記憶に焼きついている。

「祖母ちゃんのところに泣いて帰ったって、それしか憶えてないんだけど」

倫弥が話すと、リアムが軽く眉を跳ねあげた。

「莫迦にしてるだろ。でも本当に怖かった。あれからずっと、幽霊とかそういうのすごく苦手で、話聞くだけでも寝られなくなる」

テレビなどでうっかり怪談など流れようものなら、その晩からしばらくは明かりを点けっぱなしで眠るはめになる。煌々《こうこう》と明かりを点けていてさえ怖くて、家の軋《きし》む微《かす》かな音でさえ飛びおきるほどだ。

「なるほどな」

「だから、……ごめん、本当に」

なんにせよやつあたりしたのには違いなくて、守ってもらっている立場で言えることじゃなかった。ごめんなさいと頭をさげると、リアムが鼻を鳴らした。

「悪いと思ってるなら、礼をよこせ」

「え？　ああ、うん。僕にできることならいいけど」

「できる。つか、おまえにしか無理だ。文句言わねえでまたしばらく仕事つきあえ」

——それか。

あんなものは見たくない。まして襲われるなんてもう二度と嫌だ。不気味に光る刃を突きつけられたときの衝撃は、身動きすらとれないほどだった。

指一本も動かせない、声すらでない。またあんな目に遭うのかと思うとさすがに、すぐには頷けない。

「安心しろ、傷一つつけさしゃしねえよ」

「……うん」

それでもリアムがいてくれるなら、それが交換条件ならばしかたない。慣れるしか、ないのだろう。

いずれにしろ倫弥はリアムがいないと生きられないという話はさておいても、断れば彼が出ていくというなら、頷くより他の選択肢はなかった。倫弥が、リアムといたいから。

「あの人だって、……その、いつまでも僕を放っておくわけにいかないんだよね」

「あ？　そっちは長期戦だ、覚悟しとけ」

覚悟もなにも、リアムが触れなくなったらそこで終わりだ。

（そんなふうに言われると、期待しちゃうよ）

ずっと、少なくとも『長期』でいてくれるのか、などと。

今度こそ、いつまでいてくれる気なのか、仕事の予定でもあるのかと訊ねてみようか。なけなしの勇気を掻きあつめて決意しかけたが、リアムに肩を摑まれてそれも霧散してしまう。

「疲れた、寝るぞ」

倫弥が退かなければリアムは動けない。彼が立てるよう、倫弥は脇へ移動した。

「今日、母屋のほうで寝たら？　僕のベッド使っていいよ」

リアムが使っていた離れはしばらく風通しも掃除もしていないから、こちらのほうが快適だろう。

「あたりまえだ。さっさと来い」

「って、僕も行くの？　なんで」

訊くまでもない問いを発して、すぐに悟る。とたんにまた顔がカアッと火照りだす。

「当分誰も手ぇだせねえように、こってり弄《いじ》りまわしてやる」

「い、いやあのね。だって普通に触るだけでいいんだろ」

「それじゃ俺がつまんねえだろうが」

「面白いとかつまらないとか、そういう問題じゃ」

「そういう問題なんだよ。ホントに煩ぇなおい」

焦れたのか、リアムが倫弥の腕をひく。ひきずられ彼の胸元に転がりこむと、耳朶をきゅっと嚙まれた。

「俺以外の誰も、指一本触れねえようにしてやるから、おとなしくしてな」

たぶん、カレンが倫弥の中のものを回収できないようにとか、そういう理由なのだろう。けれどどうにも違う意味に聞こえてしまうから困る。

そんな声でそんな顔でこんな体勢で囁《ささや》かれたら、まるで口説《くど》かれているような気分になるから困る。

（なに赤くなってんだ莫迦ッ）

こんなの、リアムに揶揄われているだけだ。反応すればするほど、彼を面白がらせてしまうのに。

何度自分に言いきかせても跳ねあがった心臓がおさまる様子はなかった。

肌のあちこちに、リアムの痕が散らされた。いなかったあいだの時間を埋めるつもりか単に面白がっているだけか、身体中どこもかしこもに彼の唇と指が走る。それほど長く不在だったわけでもないのに、ずいぶんこうしていない気がした。

はだけたシャツから覗くリアムの体軀は見事だ。もう何度となく眺めているのに見惚れてしまう。

触れてみたい。間近で眺めたリアムの肌に、手のひらや唇を這わせてみたい。

倫弥の服はすべてとりさられたが、リアムはセーターを脱いだだけだ。シャツのボタンこそ外されているが、ボトムもまだ穿いたままでいる。ぜんぶ脱がせてやろうと彼の服に手をかけたものの、ボタンを外したところで、指や唇の悪戯に屈し、動けなくなった。

性器にも尻の奥にも、リアムの唇はあますところなく触れてきた。いつもながら嫌だといっても聞いてくれるはずはないが、尻をされるのは感じすぎてまだ怖い。そこだけはどうしてもやめてと頼んだけれど、転がされ無理やり暴かれて、どろどろになるまで舐めまわされた。

口を指で拡げ、舌をもぐりこませる。縁をねっとりと舐めまわし、ひくつきだしたそこへ唾液を流しこんだ。濡らされていく感覚はとても異様で、まるで自分がこぼしてしまったようにも思えてくる。

気持ち悪いのに、腰を振ってしまうほど悦い。

「だめ、だって……い、ったの……にっ。あ、や、あああんっ」

べっとりと濡れたそこを指で掻きまわされ、奥を擦られて、倫弥はそれだけで達しそうになった。

「待って、あ、あの、リアム、待ってっ」

「なんだ？　今さら疲れたからやめるとか言うなよ」

ときどき思うが、この男は妙なところがやけに人間くさい。これのどこが悪魔なのかと、納得した今でも考えてしまう。

「そうじゃなくて、あの。僕がしても、いい？」

どきどきしながら言うと、リアムは少しばかり黙り、体勢を変えた。ベッドに座りこんだ彼の上へ、脇を掴んで持ちあげられて座らされる。

拡げた脚で彼の身体を挟んでいるから、倫弥のそれがリアムにはまる見えだ。昂ぶりきって濡れたそれを眺められ、たまらなく恥ずかしい。けれど、触らせてと頼んだのは自分だから、今さらやっぱりやめるとも言えなかった。

「好きに触ってろ」

リアムは言って、手を倫弥の内腿に這わせた。

「えっ、ま、待ってなんでっ」

「俺が触らないとは言ってねえだろ」

だって、そんなふうにされたらゆっくり触れてなどいられなくなる。この手に、眼差しに、彼の匂いに惑わされて、溺れてしまうのに。

(触りたい、のに)

ゆっくり触らせてくれる気はないらしい。夢中になるまえにできるだけ、と、倫弥はリアムの肩へそっと指先を置いた。

(あったかい)

がっしりした艶めかしい首筋のラインを丹念に辿る。肌はぴんと張って滑《なめ》らかだ。強く押すとはね返され、その下にみっしりと筋肉をたたえているのがわかる。

どきどきしながら、顔を彼の肩口へ近づけた。手はあちこちへ伸ばして心地いい感触を味わいながら、そっと肩に口づける。おずおずと舌をだして舐めてみた。ぴくりと彼の肩が揺れる。反応が嬉しくて、倫弥はさらに唇を動かしていく。

リアムが軽く腰を突きあげた。がくん、と身体が傾ぎ、慌てて彼へしがみつく。

「まどろっこしいな。おい、手ぇ貸せ」

「え？　あ、あのっ」

彼の腕や背中を撫でていた腕をとられ、ぐいと脚のあいだへと運ばれた。指先に熱いものが触れる。リアムだ。

（あっ――）

びっくりして手を退こうとしたが許されず、手の上を押さえられ、それを握らされた。

はじめて触れた彼のものは想像以上に大きくて固い。これがいつも自分の中に入っていたなど、とうてい信じられなかった。

「触るっつったのはおまえだろうが」

リアムの手が離れた。嫌がっているのではないと知らせたくて、倫弥は自分からそっとそれを包んだ。

「嫌なわけじゃないよ。その、びっくりして。あ、やっ」

無防備な尻の狭間にリアムの指が触れた。身を捩ろうとするまもなく、奥の部分を指先に突かれる。竦んだ身体にかまわず、彼は窄まりを指でそっと拡げた。

「だめだ、……ってばっ」

「知るか」

濡らされたリアムの指が容赦なくそこを暴く。決して乱暴にはしないが、いつもより急いているようにも思えた。時間が空いて、ただ忘れているだけだろうか。

握らされたリアムのものが、手の中で脈打つ。そっと擦ると、それがぐんと力を漲らせたのがわかる。勃起したその姿は生々しく、目を逸らしたいのに放せない。

リアムの身体はどこもかしこも力強く逞しくて、いつまで眺めていても、きっと飽きない。けれど今はのんびりと眺めていられるような状況ではなかった。せっかく手のひらや唇で存分に味わおうとしていたのに、彼の手が尻の奥で動くたび、目を瞑ってしまうしぶるっと身体が震えるのだ。

「はふっ、あ、あっ」

ぐうっと奥を突かれて、抉るように掻かれる。

「握りつぶすなよ」

「しない、けどっ、だ……ってっ」

ちゃんとしたいのに、リアムがうしろを弄るからいけない。倫弥が感じるところばかりを意地悪く悪戯してくるから手が疎かになるし、妙な力が入ってしまう。

じっとしていられなくて身体がふらふら揺れるから、ときどき、手に握ったリアムのものと自分のそれとがぶつかる。そのたび、ぞくぞくと慄いてよけいに感じさせられた。

最初からだったが、とにかく手も唇も巧みすぎる。存在自体が艶めかしいのに、こんなふうにされたら、溺れてしまってもしかたない。

この姿でいるのは、人間といるときだけのはずなのに。どうしてこんなに上手なんだろう。

(こんなこと、しょっちゅうしてるのかな)

あちこちで、いろんな人と。考えたとたん、ちりっと胸が痛くなる。

「リアム、って、一度来る、とどれくらい、いる、……のっ？」

「あ？　なんで」

「だ、……って、なんか、慣れ……て、ああっ」

妙なことを訊いた仕返しか、リアムがずるっと指を退きぬいた。縁までさがったそれが、指を増やしてまた奥を穿つ。

「気になんのか」

見えてはいないけれど、リアムがにやにやと笑っているのが感じられる。妬いたのを見透かされ、倫弥は顔を真っ赤に染めた。

「気になった、だけ……だしっ」

「好きなように想像してろ」

「ずる、いっ」

教えてくれる気はないらしい。ぐちゃぐちゃと奥を掻きまわされて、倫弥はまともな言葉が綴れなくなる。

妬いたのなんて、本当にはじめてだ。それほど誰かを独占したいなど、考えたことさえない。

男同士なのはともかく、相手はよりによって悪魔だ。ぜったいに無理なのに、いずれいなくなるのに、それでも他の誰かが触れるなど想像しただけでつらい。

(いつのまに、こんな)

穏やかで、けれど寂しかった倫弥の生活に飛びこんできた異世界の男は倫弥を好きなだけふりまわして疲れさせ、怒鳴ったり腹をたてたりと今までにない感情を掘りおこした。

こんな、嫉妬なんて感情までだ。

意地悪で偉そうなくせに、ときどき優しいのがいけない。ごくたまに気遣ってみせたりするから、ぐらぐらにされてしまうのだ。

弄られているそこが、我慢しきれずにひくついてくる。指ではとどかない部分にも欲しがって、しきりにひくつきだした。火照って熱くて、うずうずして収まらない。

リアムのものを摑んだ手はもうただ触れているだけになり、彼の膝の上でゆらゆらと身体を揺すっているばかりだ。

「満足したか？」

「わ、かんな……っ」

まともに触らせてもらえなかったのに、満足なんてしていない。もっと手のひらや唇であちこち触れてみたかったし、リアムのものだってちゃんとしてみたいのに。

「まあ、次にしとけ」

彼は膝の上から倫弥をおろし、シーツの上へ寝そべらせた。

転がされた倫弥の背へ、リアムがのしかかってくる。ぴったりと身体が重なるがそれほど重くないのは、上手く体重を逃がしているせいか。うなじのあたりにリアムの息がかかり、総毛立つような感覚が走った。

勝手に震えた腰の動きに、リアムが笑う。

「しょ……がない、……だろ……ッ」

さんざん昂ぶらされれば反応もする。告げようとふり向くと、言葉を発するまえに唇が奪われる。

キスをして、唇はぽってりと腫れている。それでも触れられると気持ちよくて、つい離れていく彼のそれを追いかけてしまう。リアムが笑って倫弥を避ける。がっかりして顔を俯けようとした顎が掬われ、深く貪るように唇が奪われた。

「は、……ふっ」

尻をぴしゃりと叩かれ、腰をあげろと唆された。

要求どおり力の入らない脚でどうにか膝をたて、腰を掲げる。その奥が開かれ、リアムが入ってくる。

「────っ」

リアムの指が、くしゃくしゃになった髪を梳いてくる。その柔らかさとは対照的な剛いものに奥を貫かれて暴かれ、喉から抑えきれない悲鳴があがった。

息を長く吐き、力を抜こうと腐心してどうにか受けいれきると、肩にリアムの唇が触れた。顎を囚われ、長い指が唇の中へ差しこまれる。銜えこみ舐めてしまうのは、もう身体が憶えてしまった反射だ。

この指で唇で熱いもので支配されるのに馴染み、たぶん、この男の気配なしですごせなくなった。

悪いことを教えるのが悪魔なのだと、以前、リアムが言っていた。

(悪いこと、か──)

セックスじゃなく、この存在だ。この存在を倫弥に教えこみ憶えさせ、いないと寂しくてたまらなくさせた。

彼なしでいたかつての生活に戻れないなんて気分にさせられた。

それが、リアムが教えた最大の悪いこと、だ。

さっき触れた熱いものが、倫弥の内にいる。奥で息づいて、狭いそこいっぱいに存在を主張していた。

（あれ、が。入って——）

本当に入ってしまうのだと感心した。手のひらが、あの形や感触を思いだしてじんと痺れる。熱くて、大きかった。あれが、今倫弥を貫いている。

考えただけで、肌がざわめく。

たまらず倫弥が緩く腰をまわすと、リアムが唸るような声をこぼした。その満足げな吐息や声にさえぞくぞくしてしまうのだから、もうどうしようもない。

（ホントに、リアムって悪魔だ）

今さらながらに妙な実感が湧く。つい笑ってしまうと、「なにを笑ってる」と不審げな声が聞こえた。

「なん……でも、ない、よっ」

「正直に言え。言わないなら」

どうでも言わせてやる。ひそりと宣言して、倫弥を強く突きあげてくる。

「リアム、それ……ばっかり……ッ」

「てっとり早ぇからな」

リアムが動きはじめる。尻がひしゃげるほど強く叩きつけられ、彼の切っ先が最奥へ埋まった。そのまま留まり、身体ごと大きくまわしてくる。

渦の中へ放りこまれ、翻弄され、倫弥はその波に溺れた。

「いい、……リア、ムっ、きもち……いっ」

ぐずぐずと柔らかい奥を突かれ、内を大きく抉られる。リアムが動くたび、肉のぶつかるはしたない音が聞こえた。

倫弥のものに、リアムの指が絡む。ひどいくらい強く扱かれ、倫弥はもういくらも保たなくなる。

「だめ、だめっ、擦ったら、……で、ちゃっ」

「さっさとだしな。どうせ先は長いんだ。働かされた分はしっかりとりたてねえとなあ」

「リアム、ひど、……あ、ああんっ」

壊れると泣いても、壊しゃしないと嘯《うそぶ》かれるだけだ。昂ぶりを擦られながら奥を穿たれて、感じすぎてつらい。

「おまえが妙な悪戯しやがったせいで、こっちもそう保たねえからな。ほら、一回目はさっさと――」

「や、あっ、ひど、あ、あっ」

ただ身体に触りたかっただけなのに、あれを握らせたのはリアムだ。違うだろうと抗議しようにも、口からこぼれるのは甘ったるい喘ぎ声ばかり。

「どこがいい？　ここか」

「あ、そ、……そこ、やっ、だ……っ」

いいところをぐりぐりと潰すように擦られて、がくがくと腰が跳ねあがる。

「は、あ、も…………っ、ああああああっ」

リアムの手に包まれた倫弥のものが、どくんと大きく脈打って弾ける。シーツに体液を吐きだした。がくりと崩れさった身体はまだリアムに動かされ、息もまともにつけぬうちに揺さぶられる。

「……ッ」

リアムが小さく呻いた。ぎゅうっと強く抱きしめられ、内で彼が膨らみきる。小さく何度も突かれ、リアムが堰をきる。

倫弥の最奥が温かいものでひたひたと濡らされていく。

リアムの長く艶めかしい吐息が、倫弥の耳朶を掠めた。

＊　＊　＊

離れは片づけることにした。食事をするにも風呂に入るにも、いちいち移動するのが莫迦ばかしい。

彼が来た初日にこそ多少の警戒はあったものの、今となればわざわざ離れてすごす理由もない。母屋にはいくらでも部屋は余っているのだ。

倫弥は正月から掃除に追われ、相変わらず、リアムはまったく手伝いもしない。

「少しくらい、自分の部屋をどうにかしようとか思わない？」

母屋の空き部屋のうち陽当たりがよく広い部屋を彼のために空け、離れから荷物を運びこむ。読みおえた本は捨ててかまわないと言われたものの、倫弥はまだ読んだことのないものが大半だったので、いつか読ませてもらおうとそのまま本棚へ収納する。

衣類はかなりあった。いつも似たような服ばかり着ているくせに、数は大量だ。理由は単純、クリーニングに持っていくのが面倒で、回数を減らすためだった。

「別に部屋なんかいらねえっつったろうが」

リアムの唯一のリクエストは、倫弥の部屋のベッドを大きくしろというだけだった。

ゆったりと寝たいからという理由で大きいサイズを使ってはいたが、さすがに大柄なリアムと二人で寝るにはどうにも狭い。

「でも、やっぱりたまには一人でいたいとか、ない？」

「ねえよ」

喧嘩したらどうするつもりだろう。考えて、考えるだけ無駄かと思いなおした。どうせこの男は、自分のしたいようにするだけだ。

そもそも喧嘩なんてできるのかどうか、はなはだ怪しい。いつ彼がいなくなってしまうかと思うと、怖くて怒らせることなどできなかった。

リクエストのキングサイズのベッドが、リアムのほとんど家具のない部屋で異彩を放っている。なるべく見ないように目を逸らしつつ、倫弥は手早くベッドメイクをすませる。

「どうでもいいから、そんなもん放っとけよ」

「だって気になるよ」

別に見ていなくてもいいというのに、リアムは部屋の真ん中で座りこんでいる。いかにも退屈そうな姿を見ながら作業をすませ、倫弥は彼とともに居間へ戻った。

なにか飲むかと訊ねると、「ビール」と即答が返ってきた。以前の買いおきを店の客に配ってしまったと伝えたらずいぶんと怒られたので、大晦日、コンビニや酒屋を駆けずりまわり、どうにか当分困らないだけの数を確保してある。

「昼間から？」

「関係ねえだろ」

昼だろうが夜だろうが、呑みたければ呑むだけだ。倫弥が渡した缶ビールを開けながら、リアムが平然と言った。

「酔っぱらうわけじゃないからいいけど」

「だったらいちいち言うな」

どうも日中から酒を呑むという習慣がなくて、つい余計なことを気にしてしまう。リアムには昼も夜もない。倫弥にあわせて午前中には一応目を覚まし、深夜か早朝に眠るリズムにはなっているものの、眠たければずっと寝ているし、二晩三晩と起きつづけていても平気らしい。

カレンはこちらへ来るときっちりと人間の生活にあわせるというが、リアムによればそれは「莫迦ばかしい」の一言だ。姿形はともかく、中身まであわせる必要などない。どうあっても種族は違うのだから、無理に人間を装うのも面倒だ、となる。

彼らと倫弥とでは時間の感覚も年月の感覚もまるで違っている。たとえば祖母が少女から亡くなるまでのあいだでも、彼らにとってはさしたる時間とはならないようだ。

どうりで、祖母の男か、などと妙なことを訊かれたわけだ。

倫弥は自分用に中国茶を淹れ、ソファに座るリアムの足元へ腰をおろした。

「おい」

湯気の温かさと漂う芳香にひたっていると、リアムが倫弥の髪をひいた。

「……なに？」

「おまえがガキのころ見たっていう、『怖いモノ』とやらだがな」

「うん」

「それ、たぶん俺だ」

——は⁉

驚きのあまり、手に持った茶器をとりおとしそうになる。慌ててしっかり抱え、倫弥はあらためてリアムを凝視した。

「どういうこと？」

「別にたいしたこっちゃねえよ。おまえがガキのころ、ここに奴らが住みついたことがあってな」

当時からこの一帯は彼らの世界との境界に近く、逃亡犯も多くひそんでいたのだが、よりによって数人いた下宿人の一人に、逃亡した悪魔がとり憑いた。

いつもならたかが一人のために捕らえにきたりしない。依頼はあり請け負いはしたものの、期限もなければノルマもない。気が向いたら捕らえればいいとしばらく放っておくのだが、そのときばかりはそうもいかなかった。

「小夜には世話んなった。まあ片づけてやるかってことで顔だして、さっさと始末したのはいいが、終わったとたんにおまえに出くわしてな」

仕事直後の昂奮と、同族を手にかける自身への苛立ち。神経がぴりぴりしていたところへ、まだ小さかった倫弥が現れた。

倫弥にとっては自分の家だから、当然警戒などしていない。

「じっとこっち見てやがったからちょっと脅したらえらい泣きわめきやがって。抱きあげて小夜んとこ連れてってやろうとしたら大暴れしやがるしよ」

こっちは仕事しただけだってのに小夜にもさんざん怒られるし、参った。

なんで俺がと言わんばかりの口調だったが、そんなことにかまっていられない。こちらは、まるで憶えていないのだ。

長年のトラウマの原因がリアムだったなんて、いったいどうして。

「脅したって、なにしたの」

こちらにいるあいだ、彼は人間の姿でいるはずだ。普通にただ脅されたくらいで、それほど怖くなるものだろうか。

リアムは意地の悪い笑みを浮かべた。ものすごく嫌な予感がする。

「おまえは同族みたいなモンだからな。他の人間に見えないものも、ちょっとばかり細工すれば見えるようになる」

それを知っていて、リアムは。

幼かった倫弥へ剣を突きつけ、結界を張り、その中で自身の元の姿を朧気《おぼろげ》にながら映しだしてみせた。黒い大きな翼を持つ、『悪魔』の姿を。

「なっ――！」

やっぱり、翼はあるんじゃないか。いつか訊ねたとき、てきとうにごまかされたのに。

「アレやんの疲れるんだがな。しかも一瞬しか召還できねえ。貴重なモン見せてやったのに泣かれて、暴れられてさんざんだった」

あのクソガキが、ここまででかくなるとはな。リアムは笑いながら言った。

まったく、なんてことだ。

「でも、人間には見えないんじゃないの？」

倫弥に悪魔が見えるのは、呑みこんだモノのせいだと言っていたのに。

「おまえはただの人間じゃねえだろ」

「そうだけど」

ほんのいっときくらいであれば、剣を召還するのと同じように、元の姿を現せるらしい。

そして倫弥は天族の末裔であるがゆえに、彼本来の姿が「見えた」。

どうりで、怖かったわけだ。

「おまえは憶えてないらしいが、たしか嚙みつかれてひっかかれて結構傷残ったんじゃなかったか。まあ、俺もすっかり忘れてた」

とぼけた口ぶりに、倫弥はがっくりと肩をおとす。

(抱きあげた、って言ってたっけ)

ひょっとして――。

リアムから薫る花の匂いを、どこかで嗅《か》いだ憶えがあった。それは、花と似ているからではなくて、記憶のどこかに残っていたんだろうか。

「あのさ、リアムって花の匂いがするんだけど」

「花だあ？　ああ、なんか小夜も似たようなこと言ってやがったな」

「なんで祖母ちゃんが知ってるの」

「ふざけて抱きついてぶっ飛ばされた。あいつがまだおまえくらいんときだがな」

本当かと疑いの目を向けると、リアムは肩を竦めた。

「信じろ。手はだしてねえって」

「だって、祖母ちゃん美人だし女だし」

「関係ねえっつったろうが。俺の好みじゃねえの」

「だったら、僕は⁉」

祖母が好みではないというなら、手をだされた倫弥はどうなのだろう。詰めよって訊ねれば、リアムは小さく肩を竦める。

「それは自分でたしかめな」

言うのと同時に倫弥の腰を摑み、ソファへ向けてひき倒した。

「部屋とやらもできたことだしな。新しいベッドで確認してみるか」

「莫迦ッ」

身体を繫《つな》げたくらいで好みかそうじゃないかなんて、たしかめられるはずがない。どうせリアムは、本心など告げるつもりはないのだ。

「どうせ長くなる。一つくらいわからねえことがあってもいいだろ」

一つどころじゃない。リアムの周りなんて謎《なぞ》ばかりだ。

倫弥を揶揄うなど、彼にとっては容易《たやす》いだろう。なにせ、長期戦だとか長くなるだとか、そんな言葉を言われただけで喜んでしまっているのだ。

「おまえが小夜くらいの歳になれば、わかるんじゃないのか」

倫弥は目を瞠った。今度こそ、声もでないほど驚いてリアムを見つめる。

(それじゃ——)

ずっといるのだろうか。もしかして、この先も。祖母の歳になるまで、いてくれるというのだろうか。

見つめる視線の先でリアムが笑っている。相変わらず意地悪で、けれどどこか愉しそうにも見えた。

あとがきとおまけ。

寒くなると手がかじかむのが厳しいです。かといって暖房入れると、もれなく寝てしまうのでどうにもならんのですね。手足の先だけ冷たいんですよ。どうしたものか。

はてさて、今回は悪魔さんと人間の異種族恋愛モノ、です。実は最初にタイトルが浮かんで、そこから話をつくっていったのですが、結局そのタイトルがぜんぜんそぐわなくて使えなかったというオチです。考えたタイトルが使えないとそこから延々と悩む羽目になったりもして、私にしてはかなりストレートなタイトルになりました。

もともとは午後の中庭で悪魔がぼんやり立ってるイメージだったんですよねえ。日常的な光景に非日常な登場人物を放りこむとか異世界でごく普通に暮らしているとか、そういうちょっとズレた感じがものすごく好きなのです。おかげでクリーニング行くわ買いものするわ、あまりにもべったり生活感溢れすぎて、途中で描写したシーンをごっそり削ったりしてました。まあその、天使がおでん食ったりしてるのはそのまま残しましたが。世界観にどっぷり浸ったような話にも、そのうち挑戦してみたいです。

とにかくリアムを恰好よく書こうと全力で頑張ってみたのですが……、そのへんのご判断は、読まれたかたにお任せします。どきどき。

今回の挿画は倉橋蝶子さんに描いていただきました。ちょこさんありがとうございますなのですっ。幸せすぎて顔が崩れそうです。偶然、誕生日も血液型まで同じなのですよ。友人に同年同月の四日違いはいるんですが、まったく一緒ははじめてでびっくりです。あっ、年齢は私よりずっとお若いです（笑）。初挿画なのにご面倒ばっかりおかけして、本当に申し訳なく。うう。描かれる絵が色っぽくて恰好よくて大好きです。↑公開ラブレター。

黒い羽背負った姿も見たかったので、書いておけばよかったとちょっと後悔してみたり。でもそんなシーンはないのでしたくそう。ちょっとだけ、こうだったよ的な文はあるので、ご想像いただけば一緒に悶えられるかとっ。表紙見せていただいて、リアムの恰好いいことったらもうっ！　倫弥も綺麗だし可愛いし、暇さえあれば眺めてます。

編集部のO様A様にも、毎度ながらご面倒をおかけしました。最後の最後にゲラを一枚送付しわすれるという痛恨のミスをやらかしまして、もうどうしたらいいやら。

この本で、たぶん七十冊目になりました（ちゃんと数えたはずなのですが、つくったリストに漏れがあったらどうしよう）。お仕事をはじめて十五年目、どうにかここまで辿りつきましたです。これればかりは読んでくださる方々がいらっしゃらないと続かないので、本当にありがたく、いつも感謝しています。今後とも、どうぞ可愛がってやってくださいませ。

二〇一一年は個人的にもトラブル続きで、近況にも書きましたがパソコンは三台壊すし、家の設備はおかしくなるしテレビ壊れるし体調は崩しっぱなしだし目は患うし、年末おしせまって風邪ひいて、最後の最後に眼鏡割りました。来年、少しはいいことあるといいな。

そんなでへこみつつ、どうにか原稿をしあげました。読まれたかたに気にいっていただけることを祈ってます。ではでは、またお会いできることを願いつつ。

twitter：https://twitter.com/torysconq_akos

※このあとはオマケのショートストーリーです。

＊　＊　＊

門前には門松を置いた。クリスマスはなにもできなかったから、季節行事を大事にした祖母への詫びもこめて、家中きっちり掃除もした。お節料理らしいものをつくって塗りの重箱に詰め、この時期にしか着ない和服をひっぱりだして袖を通し、どうにか新年らしい形ができる。

深く考えないまま網で餅を焼いていて、ふと、リアムはこんなものを食べるだろうかと心配になった。ふだんだしている和食は文句も言わずに食べているから、お節はさほど問題もなさそうだけれど。

倫弥は三が日ずっと餅とお節でかまわないが、リアムには無理だろう。今晩あたりから、彼用に普通の食事を用意したほうがいいかもしれない。

朝早くからぱたぱた動きまわっていると、リアムがキッチンに顔をだした。

「おめでとう」

「……あ？」

倫弥は開口いちばん、新年の挨拶をした。リアムがなんだ、という顔をする。

「新年あけましておめでとう、だよ。そういう習慣なんだ」

「おまえはホントに——」

「小夜に似てるって？　しかたないよ、ずっと祖母ちゃんと二人きりだったんだ」

「別に文句は言ってねえよ」

相変わらず上下黒の服を着て、リアムが冷蔵庫を開ける。とりだしたのは缶ビール、つくづく、時間を気にしない男だ。

「リアム、餅食べる？　お雑煮だけど。違うのがよければ、普通のご飯もあるよ」

「三つ入れてくれ」

食べるか食べないかを気にしていたのに、リアムはあっさり承知した。それどころか、個数の指定が飛んでくる。どうやら食べたことはあるらしい。

「いっぺんに三つも入らないよ」

足りなかったらまた焼くねと告げて、焼きあがった餅を鍋へぽんと放りこんだ。

悪魔とはす向かいでお節をつつくというのも、なかなかシュールな光景だ。見た目はやたら端整な外国人にしか見えないが、その姿で器用に箸を扱う自体、今さらながら奇妙な光景だと思う。

「リアムって器用だよね」

箸で黒豆を摘んでいる姿を見ると、つくづく思う。お雑煮を食べて栗きんとんをつつき、丈夫そうな歯で田作りを齧る。正月料理にもまるで戸惑いもないようだ。

「和食、祖母ちゃんの料理で慣れたの？　それとも他で」

どうせなら和服を用意すればよかった。案外、似合うかもしれない。悪魔に和装をさせようという自分の発想が可笑しいが、そんなものは今さらだ。

男物の着物、どこかにあったよな。祖父か父のものだろうけれど、倫弥は祖母が亡くなったあと、まとめて片づけた衣類を頭に浮かべた。祖母が亡くなったあと、丈を直せばリアムにも着られるだろうか。

もし来年も彼がいるなら、新しく仕立ててもいい。

「俺にこんなもん食わせるのが、小夜以外にいるか」

「だよねえ」

ぱっと見て彼に食事を提供するなら、まず洋食しか浮かばない。

「こっちに来てるときって、どれくらいいたの。いつもこの家？」

「質問が多い」

「だってぜんぜん戸惑ってないから。こういうの、慣れてるのかなって思って」

「小夜に餅つかされた」

「ホント？」

家に餅つきの道具などあっただろうか。ついていたことさえ初耳だ。下宿を閉め、男手が倫弥しかいなくなったから、やめてしまったのかもしれない。

「つきたて、美味かったぞ」

「だろうねえ。って、リアムが言うとものっすごく違和感あるけど」

「行ったり来たりが面倒くせえって言っただろうが」

一度来れば長居したし、場所もいちいち移動しない。リアムの言葉はどうやらそういう意味らしい。

もっとちゃんと説明してくれたらいいのに。倫弥はむうっと唇を尖らせた。

「なにをふてくされてやがる」

「別に」

どうしてリアムじゃなきゃ駄目なんだろうな。

彼についてはわからないことだらけで、出会ってからずっとふりまわされっぱなしだ。我ながら趣味が悪いかと呆れるけれど、頭で考えたところで気持ちが変わるわけじゃない。

悪魔に対しておかしな話だが彼は生命力に満ちていて、どれだけだらけていても強烈な存在感がある。

たぶん、それに圧倒されたのだ。圧倒されて狼狽えて、気づいたら離れていられなくなった。ときどき不意に優しくて、くらくらしたのはそのあとだろう。

「仕事って、期限ないって言ってたよね」

ならば、リアム次第でここでの滞在が延びたり縮んだりするのだろうか。周りの逃亡犯はあらかた掃除したなどと言っていたけれど、まだいてくれるのはそのためなのか。

結局、リアムからは長くなるとしか聞いていない。

「質問が多いっつったろう」

「だって気になるんだからしかたないだろ」

「一日一つにしろ」

「無理だよ。順番になんて思いつかない」

なにも気にならない日もあるし、いくつも訊きたい日もあるのだ。

「だったら、オプションつけてやる。その代わり、二つ以上答えたらなにかよこせ」

なにかろくでもないことを思いついたらしい。リアムがいつもの意地悪い笑みを浮かべている。

「……なにかって、どんなの」

嫌な予感に頬をひき攣らせつつ、倫弥はそうっと訊いてみた。

「脚開けってのも悪くねえが」

「却下」

質問するたび押したおされるなんて、さすがに倫弥の身が保たない。冗談だろうと考えたいが、この男のことだ、案外本気でするかもしれない。

「じゃ、キスだけで勘弁してやる」

「だけ!?」

「不満か」

「違う、その逆だよ」

キスされるなんてわかっていたら、おいそれと質問なんてできなくなる。情けないが、倫弥はリアムのキスに弱いのだ。

ぼんやりして溺れて、最後には「脚を開かされる」はめに陥るのは目に見えていた。

「この条件じゃねえなら、一日一つ。それ以上は答えねえよ」

「うー……っ」

どうしよう。真剣に考えこんだ倫弥のまえへ、リアムが空の椀をさしだした。

とりあえず今は、色気より食欲。

✦初出　やさしくない悪魔……………書き下ろし

坂井朱生先生、倉橋蝶子先生へのお便り、本作品に関するご意見、ご感想などは
〒151-0051 東京都渋谷区千駄ヶ谷4-9-7
幻冬舎コミックス　ルチル文庫「やさしくない悪魔」係まで。

幻冬舎ルチル文庫

やさしくない悪魔

2012年1月20日　第1刷発行

✦著者	坂井朱生　さかい あけお
✦発行人	伊藤嘉彦
✦発行元	株式会社 幻冬舎コミックス 〒151-0051 東京都渋谷区千駄ヶ谷4-9-7 電話 03(5411)6432[編集]
✦発売元	株式会社 幻冬舎 〒151-0051 東京都渋谷区千駄ヶ谷4-9-7 電話 03(5411)6222[営業] 振替 00120-8-767643
✦印刷・製本所	中央精版印刷株式会社

✦検印廃止

ISBN978-4-344-82456-0　C0193　Printed in Japan